菲律賓・華文風 叢書 13（散文）

小華 著

楊宗翰 主編

慈濟情緣——走進別人故事裡

慈濟菲律濱分會靜思堂大門前。

攝於花蓮慈濟大學書軒，背景為證嚴上人不辭勞苦每月全省行腳留影。

2007年6月回花蓮參加全球幹部研習會，攝於道侶廣場，後面大樓為國際志工樓，為海外慈濟志工回花蓮安單之處。

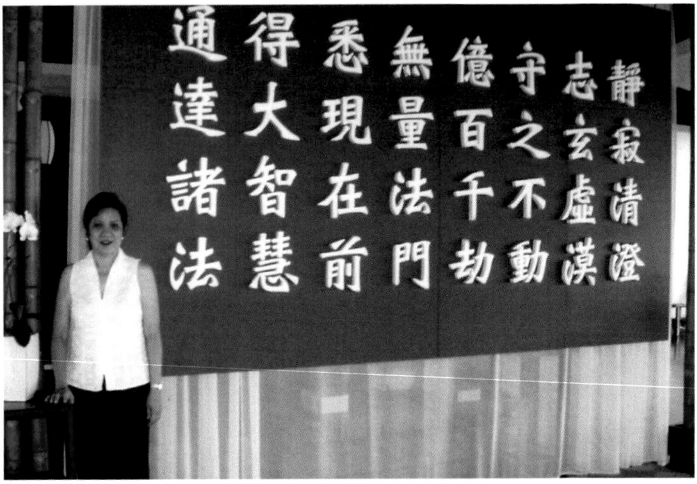

看板上的無量法門為「無量義經」裏的經文，四十多年來，慈濟人依循之要旨，內修清淨心，外行菩薩道，推展四大志業於國際。

2009年9月26日，溫蔻（Ondoy）強颱帶來洪水，造成菲國四十年來最嚴重的災害。圖為馬利僅那市（Marikina）的街道，洪水消退後淤泥垃圾堆積如山。

慈櫻師姐（右二）帶領師姐們克難地在災區煮香積飯，供應數千名以工代賑市民的午餐。

「清淨・大愛・無量義」音樂手語劇，是以佛教經典中的「無量義經」為整個演繹的主軸，於2008年3月公演三場，圖為音樂手語劇裏的「德行品」。

七百位馬利僅那市居民齊聚靜思堂參加志工培訓。

2006年3月，師姐回花蓮進修花道課，居中為致力弘揚「真善美花道」的德普師父，著旗袍者為花道種子老師陳秀蘭師姐。

2007年，電腦班開課，楊碧芬師姐（立者）為電腦班老師。

前往沓沓倫（Tatalon）區的貧民窟發義診傳單，意外地遇見一位曾給慈濟割除白內障的婦人，彼此相見歡，她蹺起大姆指言謝。

連體嬰分割手術後的慈恩（Rachel）和慈愛（Lea），明亮的大眼睛惹人疼愛。

2004年12月7日，前往奧羅拉市丁牙蘭鎮（Dingalan Aurora）賑災發放，通達災區的水泥橋被土石流沖斷，慈濟志工只好下車走過臨時搭建的斷橋。

2000年7月，前往邦邦牙省（Pampamga）發放，因颱風襲擊，洪水氾濫，整個省區浸泡在水沼中，我們以舟代車進入災區分發賑濟品。

每年正月的第一個星期天為發放日，上千名的土著從深山下來匯集在洪葛水庫（Angat Dam）待領賑濟品。

二〇〇七年，米骨省賑災克難行，走入一災民家清掃淤泥。

【主編序】

在台灣閱讀菲華，讓菲華看見台灣

——出版《菲律賓・華文風》書系的歷史意義

楊宗翰

很難想像都到了二十一世紀，台灣還是有許多人對東南亞幾近無知，更缺乏接近與理解的能力。對台灣來說，「東南亞」三個字究竟意味著什麼？大抵不脫蕉風椰雨、廉價勞力、開朗熱情等等；但在這些刻板印象與（略帶貶意的）異國情調之外，台灣人還看得到什麼？說來慚愧，東南亞在台灣，還真的彷彿是一座座「看不見的城市」：多數台灣人都看得見遙遠的美國與歐洲；對東南亞鄰國的認識或知識卻極其貧乏。他們同樣對天母的白皮膚藍眼睛洋人充滿欽羨，卻說什麼都不願意跟星期天聖多福教堂的東南亞朋友打招呼。

台灣對東南亞的陌生與無視，不僅止於日常生活，連文化交流部分亦然。二〇〇九年臺北國際書展大張旗鼓設了「泰國館」，以泰國做為本屆書展的主體。這下總算是「看見泰國」了吧？可惜，展場的實際情況卻諷刺地凸顯出臺灣對泰國的所知有限與缺乏好奇。迄今為止，台灣完全沒有培養過專業的泰文翻譯人才。而國際書展中唯一出版的泰文小說，用的還是中國大陸的翻譯。試問：沒有本土的翻譯人才，要如何文化交流？又能夠交流什麼？沒有真正的交流，台灣人又如何理解或親近東南亞文化？無須諱言，台灣對東南亞的認識這十幾年來都沒有太大進步。台灣對東南亞的理解，層次依然停留在外勞仲介與觀光旅遊——這就是多數台灣人所認識的「東南亞」。

東南亞其實就在你我身邊，但沒人願意正視其存在。台灣人到國外旅遊，遇見裝滿中文招牌的唐人街便倍感親切；但每逢假日，有誰願意去臺北市中山北路靠圓山的「小菲律賓」或同路段靠臺北車站一帶？一旦得面對身邊的東南亞，台灣人通常會選擇「拒絕看見」。拒絕看見他人的存在，也許暫時保衛了自己的純粹性，不過也同時拒絕了體驗異文化的契機。說到底，「拒絕看見」不過是過時的國族主義幽靈（就像曾經喊得震天價響，實則醜陋異常的「大福佬（沙文！）主義」），只會阻礙新世紀台灣人攬鏡面對真實的自己。過往人們常囿於身分上的本質主義，忽略了各民族文化在歷史上多所交融之事實。如果我們一味強調獨特、純粹、傳統與認同，必然會越來越種族主義化，那又如何反對別人採用種族主義的方式來對付我們？與其矇眼「拒絕看見」，不如敞開心胸思考：跟台灣同樣擁有移民和後殖民經驗的東南亞諸國，難道不能讓我們學習到什麼嗎？台灣人刻板印象中的東南亞，究竟跟真實的東南亞距離多遠？而真實的東南亞，又跟同屬南島語系的台灣距離多近？

台灣出版界在二〇〇八年印行顧玉玲《我們》與藍佩嘉《跨國灰姑娘》，為本地讀者重新認識東南亞，跨出了遲來卻十分重要的一步。這兩本以在台外籍勞工生命情境為主題的著作，一本是感性的報導文學，一本是理性的社會學分析，正好互相補足、對比參照。但東南亞當然不是只有輸出勞工，還有在地作家；東南亞各國除了有泰人菲人馬來人，也包含了老僑新僑甚至早已混血數代的華人。《菲律賓・華文風》這個書系，就是他們為自己過往的哀樂與榮辱，所留下的寶貴記錄。

東南亞何其之大，為何只挑菲律賓？理由很簡單，菲律賓是離台灣最近的國家，這二、三十年來台灣讀者卻對菲華文學最感陌生（諷刺的是：菲律賓華文作家在一九八〇年代以前，一度以台灣作為主要發表園地）。東南亞各國中，以馬來西亞的華文文學最受矚目。光

1 台灣跟菲律賓之間最早的文藝因緣，當屬一九六〇年代學校暑假期間舉辦的「菲華青年文藝講習班」（後改為「菲華文教研習會」）。此後菲國文聯每年從台灣聘請作家來岷講學，包括余光中、覃子豪、紀弦、蓉子等人。一九七二年九月廿一日總統馬可士（Ferdinand Marcos）宣佈全國實施軍事戒嚴法（軍統）之後，所有的華文報社被迫關閉，所有文藝團體也停止活動。後來僥倖獲准運作的媒體亦不敢設立文藝副刊，菲華作家們被迫只能投稿台港等地的文學園地。軍統時期菲華雖無出版機構，但施穎洲編的《菲華小說選》與《菲華散文選》（台北：中華文藝，一九七七）、鄭鴻善編選的《菲華詩選全集》（台北：正中，一九七八）卻順利在台印行面世。八〇年代後期，台灣女詩人張香華亦曾主編菲律賓華文詩選及作品選《玫瑰與坦克》（台北：林白，一九八六）、《茉莉花串》（台北：遠流，一九八八）。

是旅居台灣的作家，就有陳鵬翔、張貴興、李永平、陳大為、鍾怡雯、黃錦樹、張錦忠、林建國等健筆；馬來西亞本地作家更是代有才人、各領風騷，隊伍整齊，好不熱鬧。以今日馬華文學在台出版品的質與量，實在已不宜再說是「邊緣」（筆者便曾撰文提議，《台灣文學史》撰述者應將旅台馬華作家作品載入史冊）；但東南亞其他各國卻沒有這麼幸運，在台灣幾乎等同沒有聲音。沒有聲音，是因為找不到出版渠道，讀者自然無緣欣賞。近年來台灣的文學出版雖已見衰頹但依舊可觀，恐怕很難想像「原來出版發行這麼困難」、「原來華文書店這麼稀少」以及「原來作者真的比讀者還多」——以上所述，皆為東南亞各國華文圈之實況。或許這群作家的創作未臻圓熟、技藝尚待磨練，但請記得：一位用心的作家，應該能在跟讀者互動中取得進步。有高水準的讀者，更能激勵出高水準的作家。讓我們從《菲律賓・華文風》這個書系開始，在台灣閱讀菲華文學的過去與未來，也讓菲華作家看見台灣讀者的存在。

【推薦序】

慈悲點亮人間溫情

林小正

小華師姐的第二本著作要出版了，要我為她的新書寫序，我先是楞了一下，電話那頭的小華師姐看不到我的表情，持續往下講，聽她的聲音，感覺她非常的誠懇，我很難說不，索性爽快的應允下來。

然而要怎麼寫？如何寫？一直無法下筆。

小華師姐來催稿了，語調還是一樣的誠懇，「這次溫蕊（Ondoy）颱風災情慘重，馬利僅那市災區的賑災發放，以工代賑，我知道妳很忙，大家都辛苦了，但總算也已告一段落。那篇序妳要趕緊動筆哦！」確實是不能再拖了，我謙疚的說：「好，下星期繳卷」。

我以無比「感恩的心」落筆書寫，想來小華師姐囑咐我為她的新書寫序，無非是想成就才疏學淺的我也成為筆耕的一員，盛情可感，唯有盡力。

與小華師姐結識，要回溯到一九九五年的仲夏，人文志業要落實平面媒體，聯合日報慈濟世界的版面得自己編排，經由安瓊師姐介紹，兩次到小華府上學習編排的技巧，這位菲華名作家給我的印象是平易近人，很真誠，毫不藏私地傾囊相授，重效率，不拖泥帶水，第一次是教我們怎麼排版，第二次是排給她看，就這樣，學了兩次算畢業了。

當時，慈濟菲分會甫成立，求才若渴，正值幫上人找人才之際，對於這樣的一位才女怎能不網羅？但佛教講因緣，幾經努力，終於在二〇〇〇年因緣成熟，小華師姐正式走入慈濟志工行列，一展長才。

在慈濟團體中，能勇於承擔，樂於配合的志工最被讚賞，小華師姐就是其中之一，她具有溫和、善良、不爭的性格，用「溫、良、恭、儉、讓」來形容師姐的為人實不為過，甚為貼切。

小華師姐才思敏捷，思路細膩，字裡行間蘊藏著質樸的閩南風味及悲天憫人的情懷，對大自然的描述，寫景猶為生動，信手拈來，無不妙筆生華，誠如蘇東坡的赤壁賦中「惟江上之清風與山間之明月，耳得之而為聲，目遇之而成色，是造物者之無盡藏也」。大地風光盡收眼底。

本書共四十四篇，內容分為「慈善」、「醫療」、「教育」、「人文」四大單元，恍如一部現代阿含經，後三篇慈濟外一章，寫實作品，描寫人性善惡拔河，社會暗角景象。

沒有參加慈濟，就無法看到世間的眾生相。整天醉生夢死的享受，虛渡了前半生的精華歲月，雖說命好，卻是枉費人生在世的意義。如今我走入慈濟門，緊跟上人的腳步學習行善濟苦，補回以往消耗的福分。在〈重踏受傷的土地〉小華師姐身體力行，見苦知福，不僅體悟人生的意義與價值，更堅定緊緊追隨上人的那分心志。

人生有無數的轉折點，也有很多不同的選擇，或階段性的選擇，小華師姐在近耳順之年，選擇走進別人的故事裡，成為別人生命中的貴人，在付出的同時也豐厚了自己的生命，走入慈濟，在慈濟世界裏烙下慈悲的印痕，為人間有愛做見證，為慈濟寫歷史，師姐如此選擇人生的方向，實為明智之舉，不虛此生，為之慶幸。

在慈善篇裡道盡了人生無常，有人貪婪，有人喜捨。

對孤老無依的烏環嬸無微不至的照顧與關懷，他們的行跡正是菩薩身影的彰顯，慈濟志工長期默默的付出，他們濟貧、拔苦、予樂，不但悲智雙運，而且柔和忍辱，他們無私無我，無怨無悔，目的只是「但願眾生得離苦，不為自己求安樂」。〈陪伴一無所有的老人〉看見菩薩在人間，小華師姐詳盡的銓釋何謂菩薩？

同樣的，對孤老無依的秀治姑，六年；慈濟人無怨無悔的照顧她，猶如她至親的親人，風雨中陪她走完人生最後的一程。

〈風雨送殯〉見證慈悲。

〈斷腿的三輪車夫〉描寫最美最動人的慈濟醫療特色，醫生以愛心，真誠雙方面都存有愛與感恩的醫病關係，那是一股愛的力量與善的循環。

慈濟溫馨故事何其多，不勝枚舉，有待讀者逐篇品讀，親自體會那分流得出來的慈悲。

在醫療篇裡道盡了生命無常，生、老、病、死的無奈。也看見醫療之愛及良醫典範。醫生以愛心，真誠的為病人解說痛苦，志工溫馨的照顧，感動病人愛的回饋，雙方面彼此之間都存有愛與感恩的醫病關係，是慈濟的醫療特色，亦是最美最動人的醫療人文。

在教育篇裡看見社會的希望及大愛、感恩的慈濟精神理念。社會教育推廣特別開設豐富的人文課程，諸如：靜思手語、蕙質蘭心、靜思茶道、真善美花道、大愛媽媽、心素食儀等班，藉由課程展現慈濟人文內涵，讓人性的真善美深入人心。

在人文篇裡描述著慈濟人以出世的精神，做入世的工作，那分脫俗的慈濟之美。付出無所求的同時，還要說感恩，是慈善中的人文。以人為本，尊重生命，是醫療中的人文。教之以禮，育之以德，是教育中的人文。人品典範，文史留芳則是人文中的人文。

虔誠的推薦這本書給有緣的讀者，期盼與你一同悠遊在無盡藏的慈濟世界裏，享受付出的喜悅，看盡人生百態，學習人生無窮的智慧，回歸清淨無染的本性。

二〇〇九．十一．十五

【推薦序】

喜結慈濟緣

黃安瓊（慈瓅）

認識陳瓊華師姊是一九八七年我剛加入菲華文壇的時候，那時她已經算是菲華文壇的知名作家，也是畫風獨特的藝術家。

菲華文藝界不論有什麼活動都可以看到她的身影，她致力於推動菲華文藝的時間幾乎超過她的正業。當時她除了負責經營先生留下的一家頗具規模的印刷廠外，還主持為紀念她離去的先生——菲華作家王國棟先生而創立的王國棟文藝基金會，替許多菲華前輩作家出書。同時擔任耕園文藝社的負責人，還主編每週刊出一次的耕園文藝，提攜不少對寫作有興趣的新進。

因為常常一同參加文藝活動，與瓊華師姊因接觸多而日漸熟悉。發現她雖然話少但感情豐富，更有悲天憫人的情懷。一九九四年慈濟菲律賓聯絡點成立後，我開始拿本子為慈濟募款時，瓊華師姊很自然的就成為我的會員，她不但自己慷慨解囊護持慈濟外，也引介她的兒子、女兒和女婿加入慈濟會員的行列。

一九九八年瓊華師姊開始在她主編的耕園文藝上發表她參與慈濟活動的心得和感想。她文筆流暢，言詞感人，不少人讀過她的文章後，才知道慈濟而想加入慈濟。二〇〇〇年五月我由美回馬尼拉參加慈濟菲律賓分會在小碧瑤舉行的二日精進志工研習營，看到瓊華師姊身著藍天白雲也在學員的行列中，知道她將成為正式的慈濟人，這份欣喜讓我振奮不已，從此我們由文友結成慈濟法親，說慈濟代替了談文藝。她開始積極地投入慈濟的各項活動；義診、賑災、發放、個案、募款、社教、研習營、手語劇、大愛之夜以及骨髓捐贈等。每次活動結束她都以細膩感性的筆觸記錄下親身參與後的感想和心靈觸動。

〈水上人家〉裡她說：「自從踏入『慈濟門』，像推開緊閉的窗門，窗外無邊無際的蒼穹一覽無遺，我走出玻璃暖房，從遼闊大道踏入崎嶇小路，體會人間疾苦，雖是平添許多愁，卻教育了我知足、包容的胸懷。」

〈牽起手，走入災區〉裡有這麼幾句話：拖著疲憊的身体，臉上的「慈濟面霜」依然光澤亮麗。一心一意想為災民付出一絲的溫馨關懷，這種打從心底發出的愛心，感覺真好。

〈風雨送殯——楊秀治往生前點滴記事〉裡她了悟：「有人在順境中墮落，有人在逆境中自立，可見環境的影響並非絕對，關鍵在於一念心。」

〈醫療坊側寫〉中提及志工面對許許多多形形色色的個案，從中見聞體驗人生八苦。感恩前生修來的福分，能有好環境好身體來服務人群，同時藉我所長，以文字敘述與有緣者共同分享。

每一篇都有作者的深刻體驗和感悟，就不再一一詳述。

讀過這四十餘篇巨細靡遺的報導文章，我看到瓊華師姊做慈濟的法喜，她也與所有慈濟人一樣有了見苦知福的醒悟，對生命的意義也有深一層的認知，同時得到自我潛能的開發，更學會待人處事的寬厚圓融。

相信讀者也可以經由瓊華師姊的文字分享，對慈濟菲律賓分會慈善、醫療、教育、人文的四大志業及八大法印的運作，有初步的概略瞭解，在讀出作者滿滿愛心和憐憫心的同時，也啟發了讀者的一念慈悲心。

「力邀天下善士，同耕一方福田；勤植萬蕊心蓮，同造愛的社會。」這是慈濟人的衷誠心願，但願瓊華師姊的這本書，能發揮接引當地有心人的作用，大家合力幫助需要幫助的人，一同勤耕菲律賓的廣大福田。

二〇〇九・十一・二十

自序

由於文字的牽緣，我嫁給了喜歡搞文藝愛爬格子的外子王國棟，因為他的薫陶和耳濡目染，身為家庭主婦也跟著舉筆塗鴉，更不可思議的居然成為菲華文壇寫作者之一。

一九八一年，菲國軍統解除，報社恢復文藝副刊，停頓九年的各文藝社也陸續恢復文藝園地，從那個時候起，我開始寫作。二十年的文字累積，於二〇〇年三十萬字的《小華文選》面世。是的，我走過一條寂寞的長路，嚐到筆墨難以形容的喜悅和成就感。

我的第一本書還獲得廈大研究院研究生葉恩忠先生評語：「以平民的視角來擷取生活，以平凡的心靈來感悟世界，以平實的手法來傳達心語」，才疏學淺的我，只能偏重於家庭生活題材和感情世界的抒寫。在業餘從事文學創作，不僅是讓自己從中得到無限的精神滿足，更秉承先夫遺志讓文學香火在菲華功利社會續繼延伸。

後來也是文字因緣，讓我走入了慈濟世界，走進了別人的故事裡，才有這第二本書的誕生。（請看拙文〈我走入了慈濟世界〉）。

黃安瓊師姐的一線牽引，我跨進了慈濟大門，慈濟師姐們的熱情擁抱，撼動了我，也更激勵了我。文友施柳鶯在我第一本書的序言：「……小華從『閨秀派』走進『寫實派』，她加入慈濟，編入文宣組，正是如魚得水……，隨義診隊上山下鄉，寫出一篇篇扎實生動言之有物的報導文學，風格煥然一新，她寫作的層次又更上一層樓」。是的，我狹窄的視野遼闊了，看見了社會不同層次的人生，洞察了貧民療飢的生活，尤其體會到「屋漏偏逢連夜雨」的困境。我參與慈濟四大志業「慈善、醫療、教育、人文」的各項活動，把所見所聞所思化為文字，這是我心路歷程的記載，同時也是替菲律賓慈濟寫下註腳。

菲律賓慈濟成立十五年，點滴都是珍貴的資產，令人動容的故事，我因俗務瑣事的纏絆，未能參與所有的活動，再加以我的惰性，有許多事件都沒有報導，這也是一種遺憾。真的，寫作在我一位生長在菲律賓移民家庭，中文只讀到中學的人來說是一種壓力，常有詞不達意和忘記用字的困擾，所以寫作在我得經過幾番琢磨才能完成一篇作品。然而，它的困難我一定要突破，因為寫作的成果，是那麼實質，是白紙黑字，它不會隨風而逝，它永遠是我的「財產」。

走入慈濟，才知道每個人和每一件事就是一部經，寫不完的人生故事，豐富了我寫作的題材，更是我學習　證嚴上人思想體系和慈悲為懷來提升自己和增長慧根，所以做慈濟收穫最多的是自己。

這次的出書，才感覺我浪費了太多可貴的題材，沒有盡責任來替慈濟報導，希望將來我會有第三本的著作來「為時代作見證」留給代代的菲律賓慈濟人。在寫作中，除了留下文字，更能提升自已。但唯有深入其中，才能體會個中三昧。

感恩為我寫「序」的林小正和黃安瓊兩位師姐。林小正師姐是慈濟菲律賓分會的創始人，也就是第一任執行長，現負責四大志業傳承慈濟人文，她全力以赴地幫　上人在海外宏揚慈濟宗門。黃安瓊師姐是文友也是法親，她的移居美國北加洲，是菲律賓文壇人才的流失，她現在是慈濟美國分會重要幹部，負責靜思人文組長和人文推廣副幹事。感恩兩位師姐的「序文」，讓「我走進別人故事裡」一書得以圓滿出版。

二〇〇九・十一・三十

目次

081 醫療篇──下鄉義診

155 教育篇——心智成長

197 人文篇——心靈律動

265 慈濟外一章

慈善篇——災區發放

我走入了慈濟世界

十年前，赴台北開文藝會，會議結束，主辦單位安排前往花蓮旅遊，喜歡遊山玩水的我，當然不會錯過機會，於是隨著作家團來到山明水秀的花蓮。

行程的第一景點是參觀花蓮慈濟醫院，遊覽車通過片片草原和叢叢樹林，幅幅翠綠悅人的風景，使我眼眸煥然一新，心胸與翠綠的景緻一樣翠綠。車馳騁在沙石路，遠遠驀然冒起一座淺灰色建築物從草原上或田中央矗立，它就是新建不久的慈濟醫院。隨著導遊參觀這規模宏偉，建設現代化的醫院，在大廳看到一幅很大的「佛陀問病圖」，據說這是慈濟醫院志業尊重生命，濟世救人的精神指標。最令我感動的是當我聽到這座醫院是不用繳保證金的。我們都知道多少病危者都因交不起保證金，而放棄就醫，甚至送掉一條尚可治療的寶貴生命。

更令人敬佩的是醫院是由一位體弱的證嚴法師，因體會眾生苦而發願建蓋的，據說醫院是從「零到八億元」的募款所建成的，募款中的重重困難是我們所能體會得到的，但是在千萬愛心人士的護持下，鐵杵磨成針，醫院就從一片草原和魚池裡巍峨聳立，它的聳立搶救了不計其數的生命。

十年前，證嚴上人的豐功偉績，在我腦海裡還很模糊，我一個海外華人知道花蓮有這麼一位活菩薩，為眾生解苦，也曾看過她一張很慈祥又莊嚴的照片，她慈祥的笑容銘刻我心海。

離開慈濟醫院，遊覽車馳過一段四周十分寂寥荒涼的路途，不久我們來到了「靜思精舍」，在我的想像中，「靜思精舍」必然與慈濟醫院一樣的莊觀雄偉，要不就如一般的佛寺金碧輝煌，香火鼎盛、煙幕衝天。不可思議的是，眼前的精舍是樸實簡陋的單層樓屋，從遠看你會誤為是田園中的一農舍。簡樸的精舍有其清淨典雅的氣氛，走入大殿，殿堂上供奉著三尊白瓷菩薩，此時，有位比丘尼來問候，迎接我們進入大殿側後面早已備好桌椅的地方息坐。沒多久，證嚴法師輕然步出，她親切地問候大家，和氣地與大家同坐聊天拍照，再帶我們參觀師父們自力更生的蠟燭廠。事過十年，深刻在我心中的是她那慈祥的笑容和平步駕雲似的輕盈步伐。

十年後，菲律賓已有了慈濟分會，經常在報紙上讀到慈濟活動的報導，以及黃安瓊贈閱的《慈濟月刊》。我有幾位同學都是培訓委員，她們非常投入推動慈濟志業。當初，慈濟要向《聯合日報》商借一版面發表〈慈濟世界〉雙週刊，但慈濟文宣組成員從未做過編排工作，因此黃安瓊帶了當時的慈濟菲律賓分會執行長林小正師姐來寒舍學習編排技巧，我只開導她們一、兩期而已，如今的〈慈濟世界〉已編出了幾百期，甚至擴展到《商報》刊登。這是我與慈濟的一段因緣。

當時的文宣組是很需要增添幾位能執筆為文的志工，而黃安瓊的移居美國，慈濟猶如斷了一支手臂似的艱難，所以，安瓊師姐每次返菲小住一直苦勸我去慈濟「從軍」。我雖是從事寫作，但是是自由的，喜歡寫或有靈感時或版位需要補白時才舉筆塗鴉，所以，要我參加慈濟文宣組的筆耕隊，這不是兒戲，恐不能勝任，我不喜歡寫有限定的題材，因此像是逃兵役似的，逃之夭夭。

從事創作也有一、二十年了，我突然覺悟所寫的文章題材太狹窄，應該突框而出，寫些對讀者有益有啟發性的文章。於是我參加了慈濟第一次於大雅台舉辦的委員、志工研習營，兩天的研習營受益良多，吸收許多上人的精神理念。之後我參加過第廿二次到黎牙實備的義診，第一次目睹到數千貧病菲人潮湧求診的場面，他們雖不是窮到無衣蔽體，無食充飢，但是卻是窮到無多餘的錢可看病的地步。可憐的第二故鄉，暗角處還有多少急需援助的貧困眾生呢？從這，我才了解慈濟醫療隊為何積極地往窮鄉僻壤義診和發放。試想，若不是有百分百的把握與經驗，怎能夠讓數千病患很有次序地，歡喜心地靜候等待輪到自己的牌號。不然，若有點差錯，數千人的起鬨會有多嚴重。太多太多的感觸，太多太多的感動場面，不是這張紙所能填滿的。記得因為有太多的感動，我寫了一篇「馬容山下慈濟情」。

有第一次就有第二次，前後我參加過多次的義診，也參與了許多會議、共修與活動，同時也寫了好幾篇突破舊框框的文章。當我回頭看時，才發覺我已自動地「從軍」了，在營幕裡拿著筆桿往目標直衝。一切就是那麼地自然投入，慈濟語言：「甘願做、歡喜受」。

瑣碎的寫了一大篇，感激能與慈濟結緣，給了我有共植福田的機會，希望我能放下凡間瑣事，真正投入，享受淨化身心的這股清流。

二〇〇二．十一．十三

水上人家

從小在父母的呵護下幸福的成長，結婚後在丈夫的庇蔭下生活無憂，吃飽睡暖，從不知象牙塔外有處在風雨中飄搖的茅舍，有住在泥沼中浮沉的另一層面人。自從踏入「慈濟門」，像推開緊閉的窗門，窗外無邊無際的蒼穹一覽無遺，我走出玻璃暖房，從遼闊大道踏入崎嶇小路，體會人間疾苦，雖是平添許多愁，卻教育了我知足、包容的胸懷。

六月與「慈濟」到黎牙實備市義診，三天的義診看到近萬人求診的擁擠人潮，張張面龐，刻畫著風霜疾苦，我看到因貧窮無錢求醫，任由病痛纏身肆虐的患者，更感受到病癒後的苦難人，解除潛伏多年疾病的快樂。像割白內障的老人，走出黑暗世界重見光明的興奮，也感受到割掉垂掛在頸項下多年的腫瘤的輕鬆心情。生老病死是人生鐵律無人能倖免，有人坎坷一生，有人一帆風順。

七月中旬與「慈濟」再出發到邦邦牙省的幾個村落發放救濟品，從大岷市到該地只需一、兩個鐘頭的車程，那麼鄰近的鄉鎮，卻有天淵之別的生活層面。自從一九九三年的賓那杜布（Pinatubo）火山爆發後，岩漿噴冒而出，大量的流沙沖瀉，傾盡低窪，阻塞河流、溝渠，每逢雨季或颱風來襲，洪水氾濫，淹沒田疇、村鎮，水一漲要好幾個月才慢慢退盡，耕地毀了，農作停頓，民不聊生。七月初「秋丹」和「伊登」兩颱風相繼吹襲，整整一星期的無情雨，把無數的家園浸泡在水沼中，成了「水上人家」。水上人家，意示著充滿詩情畫意的水鄉，我腦海映顯楊柳樹下的「小橋、流水、人家」的畫面，而菲國的水上人家是泡在污水裡的人家，水道一日不疏導改善，有朝一日此地將成死城廢墟。

颱風過後已三個星期，水仍高漲過膝，慈濟志工於二〇〇八年八月廿一日清晨分坐四部車開往邦邦牙省的一鄉鎮。再換坐大卡車，大卡車兩邊架起二排木板長凳子，司機因看不到馬路上的窟窿，一路橫衝直闖，時而陷入洞孔，時而輾過隆丘，整個車廂如七級地震地左右上下顛躓，可憐的屁股頓挫得疼痛不已。雖然辛苦，大家還是嘻嘻哈哈的觀看水中人家的眾生相，淹水道路只有大卡車才能通行，但由於馬路狹窄，大卡車也有其不便，所以都以小艋舺，大輪胎或竹筏當成水上交通工具。

菲人是樂天派的民族，韌性強能屈能伸，整個鄉鎮都癱瘓了，房屋已被洪水淹埋一半，臉上還是綻放著笑容。有大男人大腹便便水中涉行；或三五成群聊天喝酒；無所事事的村婦倚窗看風景、或抓頭蝨；最高興的無非是小孩，有現成的游泳池，何樂而不游呢？調皮頑童尿急隨地掏出小雞雞撒尿；小土狗懵懂地在水中大展泳技「狗游」；而尊貴的「入口狗」，被主人寵愛關在高高的狗屋裡望著嬉水的土狗垂涎。令人惋惜的是所有房子的底樓都泡浸在污水中，大水不退，久而久之混濁髒臭，村民為了方便，所有的穢物渣滓往水裡拋，望著髒污不堪的水，深替裸體嬉水的小孩擔憂。

一路來最擔心的是這部老爺大卡車不要半路拋錨。困在糞尿髒垢的濁水中可不是兒戲，還好老爺車老當益壯，沒有出狀況，平安到達賑災地馬加眉眉（Macabebe），這裡地勢較高，水退得快，是唯一較乾淨的地方。賑災分成兩處發放，本來一千八百戶的災民可以匯集一處以便利發放的工作，可是，聽說坐木舟一人要廿元，來回就要四十元，若多帶人幫忙提攜賑災品，就要花費近百元，九百戶的災民渡舟費加起來是一筆大數目。慈濟人捨不得捉襟見肘的災民再花用額外錢，因此決定把一千八百份的賑災品分兩處發放，一是在馬加眉眉廣場的運動場，二是要再深入偏僻的鄉鎮San Rafael，方便鄰村災民只要涉水到賑災地不用再付錢坐船。我們把貨櫃的賑災品卸下一半，四十位志工分成兩組，廿人留在馬加眉眉，另外廿人分坐兩隻小木舟划入災區，真可謂「同舟共濟」。

狹窄的木舟划入一望無際的洪水田，水底下正是被水淹蓋的良田。平視滔滔洪水感覺我們好似「汪洋中的一條船」，在水中飄蕩，心情與木舟一樣的起伏搖蕩不定，小木舟隅爾會失去重心傾向一方，似要倒翻的令大家心驚膽戰。本是頃頃田疇變成汪洋大海，本是金黃翠綠的稻穗迎風搖擺，因七天連續滂沱大雨，沃田被淹溺，聞不到稻香，而拂鼻的是陣陣污臭味。木舟轉入兩旁都是雜草叢生的水路，岸邊村民高呼揮手歡迎。舟子撐篙拐進另一個鄉村小道，「水上人家」重現眼眸，小舟在一個籃球場靠岸，球場已人山人海，露天籃球場四面無大樹可庇蔭，感覺頭上頂著大太陽，好似在熱日下晒魚脯。據說天一亮，災民已趕集球場等候，在炎陽下晒了半天的災民，臉上已有不耐煩的痕跡。

每一次的賑災，祈求的是能順利完成，但是凡事總會有枝節橫生，像我們無法及時發給救災品，原因是笨重高大的貨櫃車，一路來遭受空中縱橫交叉的電線所阻撓，加上路狹水深，只能烏龜似的慢爬。貨櫃車到達時已是晌午，志工不敢怠慢地卸下救濟品，一包十公斤重的白米，從貨櫃車卸下堆放地上，再一包包的拿起分送給災民，這段過程足花了兩個鐘頭，若不是幾位年青少壯的慈青分擔，換成是我們老志工的話，相信全身骨骼早已脫臼。

感恩慈青在烈日當空下不停歇地分發賑災品，見他們「歡喜做，用心做」的辛苦，黃皮膚都被晒成赤紅色，望著汗流浹背的他們，可真疼惜這些充當挑夫的慈青，在家是養尊處優的公子少爺，他們沒有抱怨，笑嘻嘻的擦汗，一股憐惜過意不去的心才安然舒坦。

菲律賓窮人多，加上流年不利，天災頻頻，使窮人生活更窘迫，救災只是救一時的憂患，政府機構應策勵計劃排水系統，把基礎建設搞好，以期一勞永逸減輕天災肆虐的破壞。菲律賓國情，正像一條舊柏油路，有永遠修補不完的窟窿。

二〇〇〇・八・十五

牽起手，走入災區

氣候真的是反常了，十一月天應該是不會刮颱風的，不幸，東部計順省竟在靠近聖誕節的月令，連續慘遭四個超級颱風溫珍、維歐拉、威妮、育勇狠狠的襲擊，導致洪澇、山崩、滑坡、泥流淹埋了蒼翠的田園。千餘人活活被無情風災剝奪生命，悲痛的倖存者，面臨家破人亡的浩劫，不是呼天喚地就是麻木地無聲吶喊。橋樑斷毀、道路積滿石泥，直昇機無處可著落停泊，阻礙了及時營救，突如其來的災禍，所造成的飢寒交迫、斷電缺水、流離失所，屍體腐爛等等，實令人措手無策。百年罕見的颱風肆虐一掃，創下毀滅性最慘重的一劫。

十二月五日的志工共修大會播映了計順省的災情，又聽親睹災地的師姐，淚涔涔的心得分享，人有惻隱之心，共修的慈濟人無不悲戚落淚。

聽完心得分享，感覺百聞不如一見，我即刻報名參加訂於兩天後十二月七日前往奧羅拉市丁牙蘭鎮Dingalan災區賑災發放的行程，有幸，剛好趕上限額。慈濟人就是有顆愛心，每逢勘災、義診、發放，都深恐「來不及了」地踴躍參與活動。

災區山路狹窄石泥多，大車不宜通行，我們分坐七部大小不一的麵包車，而四部運載救濟品的貨車已於凌晨二點領先出發。為了賑災發放，師兄師姐已忙碌了好幾天，一千五百份的救濟品，從購買、包裹、裝載，真得是忙得力盡筋疲，可愛的是，拖著疲憊的身体，臉上的「慈濟面霜」依然光澤亮麗。一心一意想為災民付出一絲的溫馨關懷，這種打從心底發出的愛心，感覺真好，這就是法喜充滿吧！

是日，五十名「藍天白雲」天未亮就出發，足足坐了五個小時的車程，才抵達災地，山路由平坦而顛簸，從車廂眺望，被颱風蹂躪、摧殘狼藉不堪的景像，我想木人石心也會起悲憫之心。車開到一條低窪凹凸不平的山路，司機不敢前進、深怕車輪陷入穴窿裏，師兄們不得不下車拾掇大小石頭填高凹陷處，車才緩緩蜿蜒地輾過石頭路，平順前行，陣陣拍掌凱旋似的歡呼聲迴繞山谷。慈濟人就是這樣會苦中作樂、其樂融融，大家合心協力面對再大的困難都能挺得過。

我們的目的地是山後的小鎮，遠瞻一片雲海籠罩著連綿山脈，雨過天晴的山河特別蒼翠明媚，可惜，山脈片片禿瘡，像臭頭瘡疤一坨一坨，不知是經年風吹雨打的自然剝落，仰或是伐木商恣意砍伐的禍害，雖沒看到光禿禿的無木山頭，卻看到長長的白布條寫著咒語痛罵伐木商。哀哉！濫砍濫伐森林造成泥流滑坡岩石滾落，把整個村莊社鎮的資產、建設、家業、人畜全埋覆於泥沼裏。天災固然抵不過，但人禍則應可避免。

來到一條似乎是新建不久的橋樑，可嘆橋樑被洪水泥濘石頭打斷，村民合力以木條、樹幹、木板接連，別看這簡陋殘缺的橋墩還挺壯志凌雲地擔起賑災的使命，多少愛心濟品穿越它送往災區，嘉惠災民，舒緩安撫他們滿腔的怨氣。為了安全起見，我們都下車小心翼翼地走過斷橋，再坐上車離災區已不遠。

滿目瘡痍，哀鴻遍野，報上所登，電視所映的災情畫面一一呈現，殘路、斷橋、泥流、石頭、被砍伐的大樹幹遍地橫棄，埋沒泥沼裏的房子只露出屋頂，房子半斜傾倒，牆壁堤岸坍塌，電線桿東倒西歪，良田水積成河……更令人擔心憐惜的是敦厚村民張張無奈茫然的眼神，那種喪失親人、流離失所、一貧如洗的悲切、憤慨、莫名，期待、求救的憂憂臉譜，讓人為之悵然。我徹悟到一暴十寒的深沉含意，一彈指的風起水湧，幾十年辛苦建立的田園家舍，一下子化為烏有。人可勝天嗎？

一路來看到的村民並不多，蠻以為是地廣人稀，但是一到發放時刻，突然一群衣衫襤褸的災民蜂踴而至，他們很有秩序地排長龍，憑票領取濟品，皮膚赤黑，善良純樸的災民聲聲感恩道謝，滿臉欣喜地又拎又抱著物資回家，希望慈濟物輕意重的濟品能膚慰他們起落不定的情緒。

發放時，突然聽到一聲「Mrs. Ong」，我疑惑地回頭看，是位臉頰長滿青春痘的小婦人，她眼眶濕濕地自我介紹，原來是我家「煮食婆」的女兒Marivic。十幾年不見，她已結婚生子，嫁雞隨雞，隨著開三輪車的夫婿移居計順省。我的「煮食婆」就為颱風襲擊她家鄉而鬱鬱寡歡，翌日，她收到女兒一家四口跑到山上避難的訊息，更是心煩意亂，滷肉時竟把黑醋當做醬油用。見她坐立不安，我只好允許她請假回鄉，她預支二個月月薪，我兒媳們也包裹了一些舊衣乾糧給她帶去。還好，她女兒一家人安然無恙，心疼的是他們小小的家已遭洪水沖毀，現於鄰鄉租了一房暫宿。颱風過後，許多慈善機構，社會團體都紛紛來賑災發放，她是災民，不放過每一次可領取的機會，這些聊表心意的賑品，對一無所有的災民是實物是珍品。

天色變為陰沉沉，感恩老天沒下雨，要不然，整天站在炎陽下汗淋淋的慈濟志工，難逃傷風感冒一劫。發放完畢，我們盡快收拾餘物，趕在日落前再經過蜿蜒穴窿的石頭路與斷橋，災區混濁污穢的悽景，再一次，映照在我眼眸深處。勒緊褲帶的淳厚村民何時能重整家園，雖是來日方長，但總有重見光明的一天。

二〇〇四．十一．十五

愛心募款

證嚴上人呼籲全球慈濟人為菲律賓計順省慘遭颱風襲擊及南亞海嘯的災民進行街頭募款。菲分會也不落人後地及時響應，於二〇〇五年正月八日由一百卅六位志工散佈在華人區進行街頭募款，和正月十五、十六日於SM Megamall做兩天的勸募。

雙手捧著募款箱或手舉海報站在十字街頭或走在馬路上，挨家挨戶地向人募款，是所有慈濟人有生以來的第一次吧！這些原是大亨、名醫、商場翹楚、貴夫人、老闆娘、地位顯達的慈濟人都放下身段一齊響應上人的呼籲，見他們站在炎陽下，汗流浹背苦口婆心地勸募，令人為之不捨的同時更欽佩他們能屈能伸的義舉，這就應證了上人「濟貧教富」的心意。

布施不只是大人或有錢人的專利。小孩、受薪者、市井小民同樣可付出一份心意。「一元不嫌少，千元不嫌多」。可貴的是由衷行善的愛心，為給更多的人能有機會種福田，慈濟人移步到華校去，讓活在幸福中的學生們知道尚有活在逆境中的難民，同時教育他們「人生無常」，生命財產都隨時可在突來的災難中化為烏有，震撼人心的災情，教育學生懂得自己是多麼的幸福。

正月十七日早上九時，志工來到北黎剎育仁中學，由學校的訓育主任洪昆成和莊淑莉老師帶領到五樓的大禮堂，禮堂已排滿了座椅，原訂的計劃是中小學一齊來聽講，沒想到在大白天陽光反射下，幻燈片竟模糊不清，最後只好移到「視聽室」舉行。視聽室只能容納二百五十人，所以全校學生得分成三批進行，原本預訂一個小時的聚會，竟變成得花費整個早上才結束，慈濟人為此耿耿於懷，衷心向育仁中學致歉。

學生由老師帶領有條不紊地進入視聽室，志工先發給每人一張粉紅色的小卡片，預期他們看完紀錄片寫下觀感或祝福。王鼎臣師兄以福建話和沓牙樂講解抵達貴校的用意後，再放映計順省被颱風襲擊和南亞海嘯的災情，學生們看到災地的困境都有所觸動，感同身受，在散會時把祝福語寫在卡片上連同一天的零用錢都投入「募款箱」裡，也非常感恩師長們慷慨解囊為災民表達一點心意。

慈濟人十二萬分的祝福你們，你們的愛心將賜予災民更多的幸福！

二〇〇五・正・二十六

新路線新景象

天一破曉，即起床，穿上志工服「藍天白雲」，開車直往慈濟新會所「志業園區」。星期天的黎明，大地萬物尚在睡夢中，寬闊的大馬路，行人、車馬稀少，遊車河可真是一大享受，感覺水泥大道以我獨尊，愛烏龜爬行或兔子奔馳，隨我喜歡。

黎明，清新的空氣薰染了我的心情跟之活潑，眺望路旁的棵棵大樹經一夜露水的洗滌，顯得青翠多了，我欣賞起街景市容，發現不同時代的建築物有其年代的風格與價值觀，不同等級的人物有不同的生活方式，看！已有人在黎明前踏著腳踏車送報紙、又有人按喇叭賣麵包、命好的人高枕無憂睡懶覺、而我開著驕車趕赴參加園區的感恩戶發放……。

怎麼搞的！車竟往舊會所的路線開。幾年來，開往舊慈濟會所的路線是無從計數的，可說是熟悉到連方向盤都會自動轉向，今天又習慣地朝向舊地開，我急忙把車倒轉往「園區」的新路線飛奔。人深根的思路，一時難於調理。

我錯綜複雜的思路，一時轉不過來地在陌生的路線迴繞，一大早，這裡已車水馬龍，人口密集，路攤遍佈，我沿途問路，總算來到「園區」，可是抵達時離報到的時間已遲了半個小時。

「慈濟菲律賓志業園區」座落在仙沓美莎（Sta Mesa）區的繁華鬧市，在一條街道的最末端，真不可想像在寸土是金的大岷市竟有這麼一片四公頃半的土地。駛進大門，門內寬敞清悠的空間與門外擁擠喧嘩正成反比例，真是鬧中取靜的一片淨土。剎那，我迷路怨尤的心情隨著眼前的開闊而舒坦。原本這片黃金地是由修女們主管的一間中小學學校，兩三千個的優秀生免費就學，學校由國際宗教團體支持經費，後因籌款拮据，修女就把學校結束，遷移到甲美地（Cavite）市規模更大的姐妹學校，修女不得不把宏大的福地割愛售讓他人，或許因緣促成，成為如今的「慈濟志業園區」。

放眼望去，座座高樓大廈環繞著偌大的中庭廣場，廣場設有十二個籃球場，四周植花栽草種樹，青翠怡人，還有體育館和游泳池。井然有序的規格景色搭調得非常均勻，莊嚴中蘊含柔和的氣氛，整個規畫很有台灣慈濟建築物的韻味，難怪我一看就有似曾相識的親切感。

園區之大，售價更可觀，菲慈濟分會愛莫能助起了放棄的念頭，可，這片龐大的福地之藍圖，經上人慧眼一瞄和觀看錄影帶後，就特派總督導黃思賢師兄多次來菲觀察，黃師兄認為有值得買的價值，於是經上人詳細查詢，決定買下發展菲律賓四大志業的功能。相信上人對這片福地自有她的計劃與建樹，我們只要隨師行，攜手為四大志業努力開拓，相信善業將生生不息，「不經風雨怎見彩虹」。

眼前數百位感恩戶攜家帶眷地提抱著慈濟的發放物資，殷殷地感恩道別，看著他們喜上眉梢的笑容，看著志工們幫忙提帶送之門口，那溫馨的畫面就是四大志業慈善的落實。敬請上人莫憂慮，不遠的將來，園區領空的光環將煦煦暉映。

菲慈濟人對上人感恩不盡的同時，心疼讓台灣慈濟基金會耗費巨額，這重重的厚禮鞭策著我們要加強毅力推動四大志業來報答師恩。「慈濟菲律賓志業園區」將是明天的發祥地，是一個新的里程碑。

二〇〇五・七

與工地菩薩結歡喜緣

菲律賓是天主教國家，國民對一年一度的耶誕節是非常重視的，舉國上下普天同慶這耶穌誕辰之日，這神聖的佳節可說是一年中最輕鬆愉快的日子。

二〇〇四年十二月廿二日，菲分會為答謝工地工人的辛苦，特地利用午餐舉行聖誕聯歡會，大家共襄盛舉，喜樂融融。

是日，香積志工烹煮百人餐，一大早就在廚房大動干戈，有的撿菜、洗菜、切菜、淘米……大家在熱烘烘的氣溫下揮動大鏟，抬動鐵鑊、鋁鍋。廚房人聲嘈雜，鍋爐轟轟聲，鍋鏟翻動碰撞聲，萬聲沸騰，大家忙得汗流浹背，沒喊一聲累，臉上更是洋溢著快樂無比的笑容。沖淡她們的辛苦的是擱在雪櫃上的收音機，一卷慈濟錄音帶，不停地播唱著悅耳的慈濟歌，有的師姐邊炒邊擦汗邊哼唱，渾然進入忘我的境界裡。看著她們忙碌的身影，領悟到付出無所求的快樂。

廚房外的師姐忙著清理、擦抹、擺桌椅，把簡陋的小餐廳佈置的清雅舒適，餐廳外擺著兩條臨時架起的長桌子，一作為自助餐桌，二擱置聖誕禮物，師姐們的巧手把小小的空間佈置的煥然一新，點綴出耶誕節的氣氛。

香積志工真是有夠功夫，一下子煮出八道色香味齊全的素菜餚，騰騰的香味裊裊，真的令人有先嘗為快的念頭。

工地的聖誕聯歡會是我不曾見到的慶祝方式，一般參加盛會是車水馬龍，衣冠楚楚的賓客駕臨，而工地的聖誕聯歡會的百位工人就是身穿工作服，腳著又破又髒的球鞋，像是化裝舞會指定得穿工人服赴宴似的。

黝黑壯健的工人，一臉的笑容很有秩序地排排坐，先由施映如師姐做開場白，向大家祝賀聖誕節快樂，和鼓勵讚揚他們一路來的辛苦，聲聲讚語與感恩，工人感動地拍手歡呼，他們的歡笑，是慈濟人最大的欣慰。

八道素菜香味撲鼻，大家的肚子都咕嚕咕嚕地作響，工人開始排隊拿午餐，每道菜都站著師姐替他們盛菜，香積志工看見大家吃得津津有味，盤子裡都不留渣滓，有的還繼續加菜，一整天炊炒作飯的辛苦都隨之流逝。

此時，從台灣慈濟醫院回來不久的CJ，由師姐帶領前來參與，CJ是位嚴重畸形兒，天生一張破碎的臉，雖由慈濟醫生作過整形，但由於太幼小，無法一次就做好，有待日後再修補。CJ的父母是俊男美女，為何生下畸形兒？這就是業障嗎？若是，未免太沉重了！看見他們對兒子的疼惜愛護，印證了閩南俗語：「父母無嫌囝囡醜」。

用完午餐，放上人的開示和計順省慘遭颱風摧擊的紀錄片，由王鼎臣師兄以流利的沓牙樂（菲語）翻譯及報告上人「五管齊下」的計劃，工人被悽慘的畫面所感動，都踴躍報名參加到災區做清掃消毒的工作。感動不如行動，工人們紛紛地拿出硬幣投入竹筒撲滿，叮叮咚咚的鏗鏘聲，溫暖了在旁的慈濟人，聲聲感恩致謝。最後播放慈濟歌〈一家人〉和〈拉車向前行〉，再由師姐們帶動全體工人比手語，「嘿喲，嘿喲，嘿嘿喲……」的歌聲繚繞整個工地。音樂繞樑，工人菩薩頂著飽飽的肚子移步排長龍領聖誕禮物，個個拎著禮物，歡喜滿滿生澀地道出「感恩」再回到自己的工作崗位上繼續打拚。

感恩的應該是工地香積菩薩，她們無畏窒悶與勞苦，兩年來在攝氏三十幾度的高溫下，再加瓦斯爐火的熱能，無怨無悔地承擔炊事責任，為的是傳達上人的心意：廣度眾生素食，盡量減少殘殺生命的惡業。兩年來慈濟菲分會以素食午餐免費供應工人，工人也悟到素食是衛生、營養、安全的飲食。敦厚的工人體會到慈濟人的善待，都以工作效率來報恩，善念啟發，工地祥和。

期待「靜思堂」早日完工，好讓菲慈濟人有個自己的家來落實四大志業。

二〇〇五・一・十九

無情災地有情人

氣候暖化，是人人都能感應到的，尤其位於亞熱帶的菲律賓，終年氣候炎熱，再加上地球暖化的雙重火候，曬得大地萬物皆乾燥枯索，乾枯的東西最易著火，只要一點火花沾惹即燎起熾烈火焰。

四月天，在火傘高張之下，續曼達俞央（Mandaluyong）火災後，那某沓斯（Navotas）和馬拉汶（Malabon）兩地的貧民窟也相續發生火災。慈濟志工聞訊後即刻於四月十五日的早晨前往災區勘災，由於那某沓斯和馬拉汶是鄰村，為了方便與節省時間，兩地就一齊勘災和發放。貧民屋一般都用舊木材草建，家家牆壁相連屋頂靠依，若一處著火即一發不可收拾，再加上巷弄狹窄之故，消防員無法順利撲火，讓無情的火舌順風勢神速蔓延，一彈指，整個村子都付之一炬，只剩下燒焦的木柱殘缺立地。

慈濟志工從災區移步到學校，也就是災民的收容所，眾多的災民聚集於學校教室，整個環境雜亂，空氣污穢，蚊蟲、蒼蠅飛撲，是傳染病的溫床。據說：那某沓斯火災的起因，是有一隻家貓推倒油燈而燃起火苗，當時大人都不在家，火把很快蔓延，燒死了兩兄弟；而馬拉汶的火災是燭火燃到窗簾，波及到全村的房屋毀於一旦。

烏煙瘴氣的馬拉汶災場，地面一片烏油和泥巴，燒焦的雜物遍佈堆積，狼藉不堪，有些低窪處，黑漆的溝水漲到胸襟，竟有人不忌諱地泡浸在油膏水中覓拾可販賣的東西，如鐵、鉛、錫、電線之類的東西，問過災民：「為何房子底下都是污水？」回答是：「我們無立錐之地，勉強在佔地偷生，這裡沒有下水道的設備，所有的水都流竄低窪處積存高漲。」可憐的災民，本就是家徒四壁，一場無妄之災，即成無米可炊，一貧如洗的他們等著善心人士來救濟，等著建築材料重建家園。

翌日，又返回災區分發領取濟品卡，確定災戶人數，以便準備足夠的發放物資。四月十七日，在大太陽高照下展開發放，菲慈濟分會已有十二年的歷史，對賑災發放的流程有相當的經驗，在有條不紊的同時，敏捷快速地完成發放任務，賑災品有十幾種：白米、棉被、草蓆、衣服、鍋子、湯匙刀叉、牙膏、牙刷、肥皂、泡麵、碟子、杯子、慈濟布袋等等。這些生活中的必需品，都是災民燃眉之急所需。

發放時，有一位皺紋滿臉的老婦人，提拎著賑災品，她一面走，一面哭泣，郭麗華師姐即刻上前幫她提攜，慰問為何哭泣？她說：她想到烈火燒毀家的恐怖，想到女兒冒著火焰奔進救出她的兩個孫子，想到落泊中尚有慈善團體的關懷，想到他們一家安然無恙地逃過劫難，老人家有太多的感觸在心頭，促使她邊走邊流淚，這就是無常的人生。每個人都未能預測明天將是怎樣的一日。

這次的發放，那某沓斯有五百十五戶，馬拉汶有一百七十四戶，兩處共有六百八十七戶。所有發放的物資都是來自慈濟會員、慈濟志工和僑社善心人士的善款扶持，才能預購物資存放倉庫，以應付無常災難來時的及時救濟。

感恩台灣慈濟贈送慈濟藍色棉被五千條。

感恩陳永栽董事長遣派飛機把五千條的棉被運來菲律賓，才能及時送至災民手中。

感恩任勞任怨的慈濟志工，在炎熱的太陽下各守崗位，以虔誠感恩的心在最快的速度下分發救濟品。中午時分，頭頂和地面熱氣的雙管齊下，個個汗滴如水，臉龐被薰得紅咚咚。雖是如此，辛苦中面帶笑容的志工，是慈濟人甘願做，歡喜受的愛心意涵。

無常的世間，危脆的國土，一次又一次的天災人禍，何時貧民才能有堅固可抵擋風雨的安樂窩？

二〇〇七・五

給癱瘓人一個希望

每一個人都有一段或喜或悲或驚的經驗。它的發生扭轉了你美好的人生，它的發生重新譜寫你的命運，是悲是喜是暗是明，你都得去面對。所謂人生無常，無常多半是無情的，它竄入你的生活中，讓你心碎，讓你不想活下去，就像——

傑士、阿加比多（Jessie Agapito），三十八歲，是一位充滿活力的菲律賓青年。他有俊秀的臉龐，健壯的體魄，有固定的職業。他的志願是能成為一位海員，一位航海家。可惜！命運作弄，在他結婚的前三天（一九九五年六月），為要整理庭院，他就爬到樹上砍枝椏，砍呀砍，突然一陣昏暈，手腳一鬆，就從樹上墜落地面，這一跌，跌傷了脊椎骨某一節，成了癱瘓，也跌碎了他的意志和希望。他曾住院開刀過，但無濟於事，而其左眼的視力也日漸衰退至全盲。

無常的到來，把本是快樂幸福的家庭罩了陰影。傑士的未婚妻在長輩的反對下悔婚，甚至拋夫離子遠赴台灣做工，據說已在異地結婚。一個殘廢的人帶給家人和鄰親是累贅。開始因同情和憐憫而援助，日久給人的感覺是麻煩是討厭，甚至想逃避。傑士家裏的電是接他鄰親的電流。後來因事故傷了感情，親戚竟不顧一切把電源切斷，沒電在一個殘廢人是何等的不方便，尤其是夜幕低垂，伸手不見五指的處境，幾乎無法動彈。後來他搬到其妹妹家住，寄人籬下得看人眼色，感受是難挨的，因此他向朱佩美師姐求助幫他接電，早日回自己的安樂窩。

傑士的兒子已有十二歲，長的白皙可愛，兒子是「先搭車後補票」的愛情結晶。俗語「貧窮夫妻百日哀」，難怪傑士的太太生下兒子後就離開家庭。他太太離家後，又有一位女子因同情他而結連理，人是現實的，父母愛女心切，硬把女子拖走，傑士再次遭受被人拋棄的痛苦。傑士還年輕，也許會再有女子願與他同甘共苦，白首到老，祝福他！

傑士連續不幸的遭遇，使他內心的堅強全然崩潰。他多次生起自殺的念頭，但是每當要下手時，兒子的影子就模糊的浮現眼前。他多次想自殺又放棄，放棄又萌生，他狠不下心害兒子成為遺孤，成為社會的累贅，他什麼都沒有，兒子是他唯一的財產和希望。癱瘓在輪椅上偷生的他，多年來就在生死的邊沿中掙扎，直到遇見慈濟志工，慈濟的出現是他逆運的轉捩點，這道曙光給了他生存的空間和毅力。

慈濟志工，每週三固定到骨科醫院（Orthopedic）與病人關懷和施藥。因緣際會，在上千人的病患中，傑士和慈濟志工相遇了，冥冥中像是上天巧合的安排，傑士從此成為慈濟的長期關懷戶。

為要深入了解傑士的家境，慈濟志工親臨傑士的家，他住家屋前有片寬敞的空地，旁邊幾間房子都是他親戚的，四周野花雜草叢生，棵棵大樹茂盛，枝葉交錯成蔭，尤顯陰涼舒適，雞鴨遍地啄食，家畜腥味拂鼻，竹籃、籮筐，雜物散放，呈現了一幕鄉下田園純樸簡陋的畫面。

採訪後才明瞭傑士家庭複雜的一面。他的父親在政府機構做工，母親比較外向，兩老因意見不合而分居。傑士跌傷後，她母親常回來替兒子清洗傷口，後來他的姑媽堅持不給她踏入家門。沒有母親的處處幫忙與照顧，辛苦了傑士得自理一切家務事。就如他的祖母因為照顧扶持他而跌倒成殘廢，這是傑士感到最內疚的一件事，他常耿耿於心不能釋懷。

佩美師姐認為給傑士的長期補貼只會養成他的惰性，不如幫忙他做點小生意，這樣不單給他負起養家育子的責任，同時也拾回自己殘而不廢的尊嚴。

傑士在他住家不遠處有一間尚未完成的房子，這三幾十坪的土地是他祖父留下的，早年有位神父可憐他幫忙蓋的，後來神父往生才停頓，經過多年的風雨摧打，房子荒蕪成廢墟。佩美師姐建議由慈濟來續繼完成，經過合心的批准，急性子的佩美師姐即刻行動，計劃籌備，一瞬間開始動工，她把她家裡的兩位土木匠調到工地住宿，限三星期內完工交屋，她的急性子害得我們幾位師兄師姐也跟著快馬加鞭氣喘喘地跑。從馬尼垃到武垃干（Bulacan），塞車時要開二個鐘頭的車程，你可想像運送建築材料和到工地查勘十幾趟有多辛苦。感恩韋秀秀師姐捐出鋼鐵材料，像鐵條、鐵絲網、鐵釘之類的東西，她的慷慨給我們省了不少的錢，感恩！

工程計劃如期交卷，傑士的「希望工程」完竣，荒蕪的廢墟煥然一新。我們就在二〇〇七年十二月十四日早上舉行簡單的落成儀式，特別邀請蔡萬播和李偉嵩兩位師兄一起前往慶祝，感恩偉嵩師兄充當錄影師和導演，我們十幾人都成為臨時演員。感恩他幫忙互愛A協力4負責攝影工作，留下了個案的全記錄。

傑士的新家有一間店輔、兩間臥房，客廳，廁所，傢俱和日常用品齊全，常說：「麻雀雖小五臟具全」。屋外有一片小小空地，佩美師姐用心良苦，帶了菜籽栽種在土壤裏，三星期後落成的今天，菜籽發了綠芽，使這片水泥地綠意盎然，這可是好預兆。

聖誕節濃厚的氣氛圍繞著我們。桌子上擺滿了糕餅糖果、果子飲料，傑士為了表達謝意，親自把食物分配在小碟子請大家吃，他的姑媽感動地引喉高歌，唱了一首菲律賓的聖誕歌曲Pasko na naman（又是聖誕節），輕快的節奏，使大家喜樂融融，這也是今天落成移交的尾聲，最後由傑士淚涔涔地讀著他寫給上人的致謝信，一張合歡照攝入鏡頭也攝入每一個人的心中。

慈濟獻上最真誠的祝福，祝福他殘而不廢與健康人一樣發揮良能。相信慈濟人這分膚慰與溫馨，將存在這對父子的內心深處。

二〇〇七・十二・十八

陪伴一無所有的老人

聆聽施麗英師姐那激動、憐惜又感嘆的口述，我情不自禁墮入她很感性的情緒裡，腳步輕然地跟隨著她踏入醫院探訪因昏倒而骨折的施環治老人（烏環）。

貧病交加，孤苦伶仃，這八個不吉祥的字眼，無情地枷伏在八十六歲的烏環嬸身上。可憐的烏環嬸，自呱呱落地到如今古稀之年，從未享受過家庭溫暖，天倫之樂，她一生過著無人疼、無人惜的孤獨日子。

孤苦無依的烏環嬸獨居在岷市一座五層樓大廈的天台，一間用破舊木草蓋的簡陋小屋，大廈沒有電梯設備，她每天上下樓就得辛苦地爬樓梯，奈何！這是免付租金的棲身之地也。

慈濟和她的因緣始於二〇〇三年，那年她得了急性膽囊炎，而且部份肝臟已化膿，無親無戚的她幸好有鄰居張毓總先生的相助，把她送進醫院治療，經醫生診斷後必須即刻動手術，要不然恐有生命危險。張先生為著手術費向鄰居募款，正愁於募款不足之時，在因緣際會下，有位師姐知悉實情稟告慈濟，慈濟立即撥款菲幣二萬五仟元充為醫藥補助金，從此，烏環嬸成為慈濟的照顧戶之一。

烏環嬸於手術前照X光，發現腎結石，已牽連到腎功能的運作，於是醫生從腎臟到尿道處安植尿導管，但必須每六個月換一次，以防阻塞或發炎，每次的醫藥費高達菲幣四萬元。

人有旦夕禍福，尚在醫療中的烏環嬸有一天不幸昏倒折斷了右腿骨，從中得知她於一九九九年販賣東西時摔斷過左腿骨，那一摔的手術費，耗盡了她多年來節儉下來的老本，也是由善心人士幫忙湊錢添補。烏環嬸自膽囊炎，腎結石做安接輸尿管，一直到今年七月昏倒骨折，整整兩年的時光，都是由慈濟菩薩洪嫦娥、施麗英和吳秀霞分別照顧其起居。

烏環嬸長期安接輸尿管，生理上不時會出狀況，像發高燒、排血尿、腹痛、渾身不適等等病狀，再加上折骨開刀行動不便，師姐們輪流陪伴烏環嬸作定期檢查，給予護理與關懷。由衷讚歎七十六歲的洪嫦娥師姐，兩年來沒間斷地送日常用品、送食物、送粥送湯，還定時清掃整理小木屋。烏環嬸若要看醫生，就得請幾位慈誠幫忙把她從五樓抬下，看完醫生再抬上去。我們可想像高齡的洪嫦娥師姐爬上爬下五層樓高的樓梯有多辛苦、多吃力，但是嬌小身輕如燕的她，一片愛心顧不了自己年高不宜，她無我的付出，一心只想給需要幫助的人多一點生存的毅力與勇氣。老人心方知老人情，兩老情同姐妹，在付與授的不同心境下各懷感激感恩，佛教的「無緣大慈，同體大悲」的精神，就在洪嫦娥師姐身上捕捉。

兩年來承蒙外科醫師柯賢智不厭其煩的照顧與陪同，他義務的看診，介紹專科醫生給予妥善的治療，間接地給陪伴的師姐們無限方便，感恩柯醫師的慈悲為懷。

如今多風波的社會，人人只顧好自己，那有心情再去關懷旁人。難得好鄰居張毓總先生和他幾位朋友，歷年來出錢出力照顧老人，為老人醫藥費到處募款，他們源源不絕的愛心，十足撼動人心，願社會多亮出幾位菩薩身影。

年邁無依的老人烏環，是封建時代的犧牲者，是貧窮家庭的受害者。她孩提時代，因家境赤貧如洗，加上雙親重男輕女的舊觀念，把烏環送人領養，從此，烏環嬸的命運起了大轉折，走上了荊棘坎坷路，文盲的她在養父母家做粗活，十四歲時養母作主將她許配給從未晤面的菲華僑，那只是一個口頭婚約，可憐的她就這樣在承諾中虛度青春，在盟約的枷鎖下淚滴雙頰。直到她廿九歲時才有花轎抬進夫家門，但新郎官仍然遠居菲島，純樸憨直的她就這樣為名份空守閨房到四十歲，在鄉親鄰居的同情下協助她移居香港，她的夫婿不得不回港會見早年由長輩作主張「送做堆」的妻子。當時的夫婿已有菲妻子群，過後，她以遊客身份來菲定居，夫婿是做魚乾買賣業，經常跑「山頂州府」，後因勞累積病往生。烏環嬸沒有生育，她的遭遇何止博人同情賺人眼淚，它拉出了舊時封建制度，傳統觀念束縛為害無辜的慘酷。

上人常說菩薩不是供奉在案頭受人頂禮參拜的，所謂菩薩，就是能幫助別人的人，這次施環治的個案，訪視組組長洪嫦娥、施麗英、吳秀霞等人對孤老無依的烏環無微不至的照顧與關懷，他們的行跡正是菩薩的縮影。慈濟志工長期默默的付出，他們濟貧、教富、拔苦、予樂，不但悲智雙運，而且柔和忍辱。她們無私無我，無怨無悔，目的只是「但願眾生得離苦，不為自己求安樂。」

烏環嬸有慈濟師姐的照顧，她感動淚滴地說：「想不到自幼沒人疼惜的我，到老年能得到慈濟人的關懷，感受到人世間的溫暖，我多有福報噢！我一生的缺憾，有慈濟愛的彌補，我死而無怨。」

施環治老人的病情和身世，與慈濟菩薩關懷的互動，就是扮演著一齣悲天憫人的故事，我們不只用鏡頭捕捉菩薩身影，也用文字刻劃身影背後的感動。

二〇〇五．十一．十八

風雨送殯

——楊秀治往生前點滴記事

掛颱風信號的一清晨，天空烏雲密佈，有即刻會下大雨的預兆，我擔憂惡劣的天氣會影響出殯的行程。顧慮中忽見身穿「藍天白雲」的朱佩美師姐來接我同赴殯儀館，她就是這點可敬，比準時還準時。殯儀館位於馬拉汶（Malabon）市偏僻的巷道裏。此時小雨紛飛，我們打傘下車，佩美直往辦事處辦理出殯事宜，我走向放有棺木的帳蓬裏，燈芒微射，可看清楊秀治老人的殮屍，她身穿灰色旗袍，遺容安祥，給我的印象是一位很中國、很傳統的婦道人家，我默哀地向她致禮。

風雨無阻，我們按時於七時半冒著雨把棺木抬進靈車，一路上雨水忽停忽下，此時正是上班時辰，馬路上人潮車輛絡繹不絕，車廂裡尤顯鬱悶，我們掀起話匣子，從中知道一、二有關秀治姑的生平事蹟。

享年八十八的秀治姑不小心跌倒不起，鄰人致電給慈濟師姐求助，師姐們急匆匆地奔到秀治姑府上，很快地把她送醫院照X光檢查，還好沒有骨折，本以為休息兩天就可出院，不幸她竟然發高燒不退，終於二〇〇八年七月十一日上午六時往生，醫生發給病情報告單是死於急性肺炎。她走的匆促，沒留下遺囑，也許留下的是許許多多的問號。

秀治姑是慈濟長期的照顧戶，每個月固定給予生活費外，師姐們還三不五時去關懷，雖是短暫的陪伴，也是打發她伶仃的心靈。六年的話家常，她從不提及自己的身世，我們也不便問起，她常講的是佛法和處人處事的道理來相警惕。言行舉止中可體會到她曾有一段呼風喚語的風光過去，那段時期養成了她傲慢自我的性格，也就是她活在痛苦、愧疚裏的原因。

秀治姑的往生，慈濟曾登報通知尋覓其親朋戚友的啟事，但杳無音信，慈濟只好以簡單莊嚴的方式處理其後事，此善舉希望不致於發生枝節。

靈車開到華僑義山大門，門內已有幾位師姐在等候，我們集合一起，各自撐著傘隨在靈車後送秀治姑走最後的一程。雨愈下愈大，一瞬間狂風暴雨襲擊，小雨傘再也遮不住暴雨的淋打，我們全身濕透，沉重的濕衣和沉重的心情拖著沉重步伐走在長長的義山路上，想起淒涼的殯葬，想起秀治姑的孤老無依，盈滿眼眶的淚水禁不住與雨水串滴，串滴……，陰霾雨的氛圍增添了幾多愁！

靈車緩緩地停泊在火化場，此時雨水已淹漲到腳踝，我們涉水跨入火化場，裏面已有兩位師父、助念團友和數位師姐在等候。香燭祭品備齊，師父開始帶領大家誦經，誦完經文，再瞻看遺容後向靈棺致禮，工友就把棺木推進火化爐，再過幾時辰，華僑義山墓穴又多了一個孤寂冰冷的骨灰甕，秀治姑的音容將隨時間永遠永遠消失……。

平生不知送過多少過往的親友，這次的出殯可說是人數最少最淒涼的葬禮，沒有執紼、沒有輓軸、輓聯，沒有花圈、彩幛，甚至沒有遺像，連靈車都沒放音樂，最可悲的是無子嗣兒孫，無親友來送終，唯一來的是師父、助念團友，和非親非故的慈濟師姐。當時的悽景讓我感觸良多，領悟出世態炎涼的可悲與可怕。

麗月、麗英、秀朗師姐和幾位慈濟志工們為秀治姑的溘然而逝亂成一團，忙著登報覓尋親人、為葬禮、墓地、手續奔走。感恩朱佩美師姐的不請之師跨組相助，分擔處理不少繁瑣事情，使後事井然有序地辦妥。

秀治姑個性是有點偏執、倔強，有不可理喻的脾氣，但她另有其慈眉善目的一面。老人家的活動面很小，除了菜市、佛廟、參與助唸外別無去處，馬路上她若見到有貓狗被車輪輾死，她不會若無其事走開，而是止步目視孤魄默禱後，再掏錢給街上的菲漢，托他把貓狗埋葬才安心離去。秀治姑晚年的孤苦伶仃，冥冥中邂逅到慈濟人來陪伴她渡過孤寂的歲月，是否她「無心插柳」的善舉，是貓魂狗魄的報答和安排，安排老人家不致於死無葬身之地的悽慘。佛教談「因緣果報」的確這是她老人家累世累積的佛緣與善心之回報。

人從呱呱墜地，到往生入土，這漫長的人生路，你的家庭背景，生活環境是影響你一生好壞的主軸。像秀治姑，從她的言行舉止中，可感覺到她有一樁事凝結在心頭釋放不開，這樁事似乎難以或羞以啟口，因故她活在黑暗的角落裏痛苦掙扎。秀治姑常勸人：「忍耐要寫在手掌中」，這誨言確實是一句座右銘，或許由於她的不忍耐，得罪冒犯於人，才促成她坎坷的後半生，再覺悟後悔已無濟於事，所以她常勸告人「要忍耐」。

她的突然往生，使師姐們措手不及，她們急需往生者的身份證件做出殯入土之用，不得已請她的要好鄰居陪著打開她深鎖的家門，門一打開，一股白花油、萬金油的薄荷辛辣味拂鼻，大家心照不宣，相信每一位老人都有此治酸痛的藥品。我們開始搜尋她的居留手續及證件，才知曉她的真名真姓，順手也翻動了她的私人遺物，像護照、相簿和幾件高品質的絲緞旗袍，從枯黃的照片中看出年青時的她美麗脫俗、雍容華貴，揣測秀治姑年青時是過著富裕奢華的生活，為何身後蕭條呢？

為了加深對這位傳奇性人物的了解，我們訪問了幾位鄰人和朋友，才揭開她常自責的謎語：「這是我罪有應得」、「我已經欠了一身債」、「我不要再增加業障了」。她的自怨自艾，像是曾經做過滔天大罪似的罪不可恕。

據說：她年輕時就在泥淖中翻滾，二戰後從中國廈門來菲、她的風姿曾讓許多男子拜倒在她的石榴裙下，歡場女子常為自已青春漸老尋找一個歸宿，找一個鐵飯碗來維持眼前的享受，因此她嫁給了一位赫赫有名的僑商做三姨太，享盡了闊太的榮華富貴，傳說她揮霍無度，賭博、喝酒、抽菸，甚至抽大煙。我們可想像那個年代做人家的姨太，在社會上的名譽多微薄，你得忍受人家的譏視和指責，你得忍受與人共一夫，空守閨房的寂寞。種種的委屈，形成心理的不平衡，因此以享受物資和不良嗜好來麻醉自已。秀治姑膝下無子女，曾領養一子，惜不長進，與她不合，後離家出走，了無音訊，又有人說已過世。據說：她丈夫過世後，曾留厝宅和一筆可觀的錢財給她，就因放縱享樂而花得精光。俗語：「富在深山有遠親，窮在鬧市無近鄰」，相信落魄的她，體會到眾叛親離的現實和刻薄，留下悔之已晚的沉痛。環境的蛻變，姨太身份就與往生的丈夫一起埋葬，過往的風光付諸東流，想再挽回已來不及。秀治姑生前說過：「我是破壞別人家庭的罪人」，那是其一，有無其他的罪過無以為證。秀治姑晚年茹素、皈依佛教、樂傳佛法、參與助念，以此方便門為懺悔方式來減輕罪孽，有錯及時懺悔認錯，罪業才能慢慢消除。秀治姑是做到此點，可是她內疚的疙瘩難於解懷，使她活得不快樂，含著愧疚離開人世間。世俗的情緣隨著生命結束而終止，衷心祝福她來生結好緣。

秀治姑孩提和少女時代的身處環境如何，和她怎樣淪落風塵，我們一無所知，她的戲劇化人生只是傳說而已。秀治姑命太硬，活著得過大風大浪的人生，連往生出殯也在狂風暴雨中進行安葬。

秀治姑妳走好，沒有哭泣，沒有你我他的依依不捨，塵緣盡了，無喜、無怒、無怨、無悔、無牽絆地走向來世。

節錄　證嚴上人的靜思語：「有人在順境中墮落，有人在逆境中自立，可見環境的影響並非絕對，關鍵在於一念心。」

二〇〇八・八・五

迷惘的世界

又輪到我們這一組到「菲律賓國立精神病院」關懷精神失常的同胞。精神病院是慈濟菲律賓分會的關懷機構之一，訂每個月的第三個星期日為關懷行，十幾年來從不間斷、由各組自備午餐給病患享用和攜帶院方所需求的日常用品。我們固定關懷的是Chinese Pavillion（華人館）和Zonta Club（婦女館），這兩館的病患不多，華人館有二十一人，婦女館十幾人，場地寬闊乾淨，空氣流通，雖然輕病者，但畢竟精神失常，所以病院大門深鎖，他們只能在鐵窗門閘裏過其夢幻人生。

車子奔馳在水泥大道，經過一條又一條的小街巷道，眼前出現了「菲律賓國立精神病院」的寬闊大門，停在警衛站，經詢問報上「慈濟」名號後，駛進乏人駕臨的一個迷惘世界。

車子緩慢地走過幾條曲折蜿蜒的小徑，寧靜的環境雜草野花叢生，古樹新枝蓊鬱茂盛，鳥啼蟲鳴，可說是鬧市中的綠林。但是土地之大疏於管理，房屋古舊破爛，茂盛的樹木枝椏樹葉交錯，錯綜雜亂的景象，給人一種蕭瑟的感覺，或許是精神病院的名先入為主，影響人的思維，產生恐懼排斥的心理。未曾去過的師兄師姐，一聽到要去關懷神志不清的人都加以婉拒，跟著去的卻心怯怯地畏縮在背後觀察，其實他們不是我們所想像的蓬頭垢面，瘋瘋癲癲的狂人，而是服過鎮靜劑，身穿藍制服，乾淨可親的不幸人。

菲律賓國立精神病院面積有六十四公頃之大，地曠人稀，院裏的建築物都殘舊破損，看那些土牆剝落裂紋你就會知道，這是一個有故事的地方。

善舉公所董事會於一九六六年捐建精神病院華人館，至一九七四年，病院院長呈文要求重建，原因華人館已破舊，而病患愈來愈多，實不夠用。院長撥出地皮五千平方公尺作為建築之用。善舉公所於一九七五年十二月十六日破土奠基典禮，仿照美國新精神病院之設計，病院僅占一千平方公尺，其餘四千作為栽植花草樹木供病人憩息遊樂之需，內分男女病房、廁所、盥洗室、診療室、公共客廳、膳廳、廚房，是一所最新式最理想的精神病院。然而經過三十五年的風吹雨打，病院失修殘舊不堪，後由慈濟於二〇〇八年修繕，使暗淡的病院明亮光潔，病人茫然的身心容顏也隨之開朗。全精神病院病患有三千多了，輕重病患和男女病人分房，有醫護員、監司守護著。病院工作人員有二千多人，我們可想像政府的經濟和人力負擔有多重。

要到「Chinese Pavillion」和「Zonta Club」之前，必須先到檢察處檢驗所帶的食物，拿到許可單後才能通行。我們每次都先到「華人精神病館」，這裡全部是男病患，年齡約在五十歲以上，我們到達後，管理員才打開深鎖的鐵門讓我們進去，病人從第二道鐵門出來客聽排坐在長板凳上，所有病房的隔間都是用鐵柵圍起來，內外左右的隔間是透明化的，病人的一舉一動一目瞭然。有的病人是不停地在房間徘徊，有的坐著喃喃自語或哭或笑，也有木訥地瞪著遠方看，也有裸體地躺在床上睡覺，突發瘋癲之病犯，嚴被隔離，關囚牢房治療的同時，也是對病人的一種懲罰，最可憐的是已經痊癒的病人，他們有家歸不得。有位病人回到家後，感覺家已不是從前的家，陌生的家人都以驚慌戒備的態度避之，長時間被關禁作治療，他已與外面的世界脫節，無法去適應複雜的人事關係，無法忍受喧擾的城市生活，為了自尊，又裝瘋賣傻回到寧靜的精神病院。這裏沒有名利競爭、沒有冷嘲熱諷，難兄難弟各自過著自我的幻覺世界。可憐被遺忘的人在鐵柵內等待著人生最終的定律，一抔黃土埋葬多餘的軀體。

這些難兄難弟們最期待慈濟志工的到臨，這一天他們可以走出鐵柵門，慈濟十幾年的關懷，在他們狹窄的思維裏都認得慈濟，師兄師姐教他們唱慈濟歌、比手語，他們還自動地上前唱歌，唱的都是四、五十年代的老歌，雖然五音不全，唱者聽者都其樂融融。餘興節目完畢，他們最高興的是可以吃到家鄉風味的素菜餚，像：麵線湯、炒米粉、魯麵、鹹粥、鹹飯、燒包、糕粿粽、飲料等等。幾十年吃的是大鍋飯，相信吃都吃膩了，所以最等待的是一個月一次慈濟人的來臨，才能品嘗到另一種美味可口的素食。

瘋人是神志不清，他們的反應不是瘋癲就是呆楞著，可是我們面對的似乎都是規規矩矩的正常人，精神抖擻，問答有條不紊，甚至知道中國民俗節日，像中秋節，他們就會要求吃中秋月餅，「年兜」吃甜粿，不可思議的是唱歌時歌詞都記得清清楚楚。八年前，我第一次到這裡和

八年後的今天，見過的都是原班人馬，當然有的不見了，是往生？是回家？是移到病重的牢房？但大多數都還健在，是否？這些被遺忘的人都是有家歸不得，要終身留住精神病院虛渡晚年。

離開華人館，來到Zonta club，我的心情就比在華人館來得開朗，因為鐵柵門內是一群年輕可愛的十幾歲少女，她們穿著粉紅碎花休閒服，天真活潑、笑容可掬地迎接我們，女人就是女人，都愛漂亮，神志恍惚的她們也愛擦脂抹粉，有來不及化妝的會邊走邊擦粉，或縮到牆角去補妝。

菲律賓人都有音樂細胞，男女老少都喜歡唱歌跳舞，這群有缺陷的少女也不例外，在管理員的吉他伴奏下，大方自然地上前獻唱，忘我地引吭高歌，歌聲嘹亮，是可造就的人才，可惜她們不幸無法發揮才能。看著乖巧純潔的小女孩，心中不只憐恤更覺心痛，憐惜她們應該是活在幸福的家庭裏，躺在媽媽的懷抱撒嬌。當天只看到一位病患因打人，四肢被綁縛在床上；還有一位是表情木訥楞楞地由也是病患扶持著參加聚會，其他的幾乎一點精神徵兆也沒有。最欣慰的是，這裏常看到新面孔，舊病患可能痊癒回家去了，不像華人館的病人，是不想回家還是有家回不了？

我們照樣地把帶來的日常用品交給院方，慣例地與她們互動，唱慈濟歌，比手語，以淺顯的「大家樂」（菲語）介紹慈濟，大家歡樂一場後，已到中午，我們趕緊把帶來的一大鍋麵線糊平均分配，一碗一碗地分給她們享用。可愛又可憐的小女孩，大口大口的吞咽，可知食物之香？或食不知味!?

精神病症有遺傳的、有受刺激的、有受驚的、有被強暴的，有憂鬱症的……種種因素的精神和肉體干擾。不同的遭遇，不同的病因，卻有著同樣的宿命，被囚禁、被打針、服藥後才過平心定氣的一天。

每次來到精神病院關懷，所見的病人都非常乾淨，手腳指縫都像去美容院修剪般地清潔，當然是穿了新洗的衣服見人，相信也都服用過鎮定藥溫順如綿羊，而房間與客廳也打掃的一乾二淨，沒有一點髒兮狼籍的現象。每個月來之前，必先打電話通知時間日期和詢問他們所需要的東西，是否？院方他們預先準備好來感動人心，來掩護自己。社會風氣的敗壞，讓我深深懷疑？

希望精神病人能真正受到善待，真正擁有良好的治療環境，能有愛心的良醫開導與治療，給她們早日過正常的生活，也奢望政府照顧病人的需求並給與最大的利益。

慈濟關懷精神病院，有人說是多餘的，浪費資源和時間，但是，上人慈意要把愛去澆灌全天下眾生，希望凡夫俗子一顆顆善的種子能發芽茁壯。精神病患若無法領會，至少可影響周遭的醫護和工作人員善待病人，知道有位上人普度眾生的心願。

上人常讚嘆因為有這群默默耕耘，願意無求付出愛與心力的慈濟志工，才讓慈濟這艘慈航，能運載眾人的愛與祝福，乘風破浪，勇往前行！

二〇〇九・十一・二十

醫療篇——下鄉義診

馬容山下慈濟情

二〇〇〇年六月廿八日清晨五時，一百四十八位的慈濟志工和慈濟醫生同車共濟展開了第二十二次的義診。車開了十二小時的路程才到達黎市。長途跋涉，路途顛簸，是有夠辛苦，尤其是來自台灣與新加坡的十二位志工，經香港轉機來到菲律賓已是傍晚，他們疲累就寢，天未亮即起床與義診團隊會合，前往黎牙實備市的馬容火山。

一路風光旖旎，天氣晴朗，椰子樹連綿如屏風，聞名世界的馬容火山巍峨在望，好一幅翠綠悅人的風景畫。米骨省土地肥沃、物產豐富、海陸運方便，可惜！缺少政府的支持，未能建設開發，故變成全菲第二貧困的城市。望著藍天下的馬容火山口輕煙裊裊，白雲飄浮半山腰，朦朧的景緻泛起我心中一片憂悒，對這美麗的山河無限感嘆！

三部大巴士於黃昏時分相繼抵達黎市的亞眉大旅館。先到的志工已在大廳迎接，是夜，義診隊來不及更衣又匆匆地坐車趕赴由當地菲華各界聯合會舉辦的歡迎晚會。晚會致詞者個個語重情長，聯合會董事長謝國遷讚揚慈濟數年來濟貧救災的大愛精神，他渴望自己能為慈濟奉獻一絲綿薄之力。慈濟菲分會負責人林小正師姐向聯合會致謝，並傳達證嚴上人傳真過來的一箋「行前叮嚀」；上人關懷祝福義診活動順利，慈濟人替貧病者拔苦行善深感欣慰，鼓勵慈濟人秉持佛陀「無緣大慈，同體大悲」的精神。上人更向良醫感恩，醫師們不懼辛勞，舟車勞頓奉獻醫術，為貧病者義務治療是布施種福田。

省長Albichara說：「……這是慈濟第一次來黎市義診，也是我們合作的開始……」，含意深長的語句，深獲台下不絕掌聲。黎市市長Imelda Roces致詞：她了解慈濟慈善工作是只付出，不求回報的大愛機構。她比喻有人是把自己的全部拿出一半，而有人卻是把自己很少的東西全部付出，她說：慈濟就是把全部付出的人，也就是最豐富的慈濟心。善舉公所的執行副董事長楊耀坤先生報告心得：五月中旬，他去花蓮參加慈濟三十四週年慶典。為了體面，慎重地穿起西裝結領帶，暗暗深為自己的衣冠楚楚、風度翩翩而自喜，豈知到了「靜思精舍」，看見來自海內外的慈濟人都身著簡樸的旗袍，或藍上衣白長褲的制服，反觀自己西裝畢挺，顯耀自己的裝束似的，剎時深感自己的無知與渺小。楊先生有所感觸，哽咽續說：看到精舍常住師父含辛茹苦的磨豆粉、種蔬菜、晒薏仁、做蠟燭……來維持生計，效法百丈禪師，一日不作，一日不食的佛門儀規，自力更生的景象，不僅令人感動，更令人省思。他尤其敬佩上人為缺乏大體給學醫者研究而憂心，因此留下遺言，他往生後願把遺體捐給慈濟醫院作解剖實驗之用，上人的以身作則，感動了慈濟人，建立了捐大體的風氣。

令人欣慰與感動的是華人社團為了慈濟要前來義診，打破了四百年來獨立門戶，自掃門前雪的記錄。可見慈濟的大愛精神無形地起了淨化人心的作用，大家合力協助慈濟順利完成義診工作。相信他們的合作將是一股大力量，在蕉風椰雨的米骨省澆洒大愛的種子。

翌日，清早七時，慈濟醫療隊紛紛來到改為臨時醫院的崇德天主教學校，校外人潮洶湧，人頭攢動，厚厚的人牆，據說破曉時分已站滿校外圍牆。

崇德學校為二層舊樓房，面積頗大，課室、圖書館、大禮堂、花園、走廊都開放給醫療隊做診斷之用。學校門口為分類病症的第一站，病人踏進校園，以病症分布兩邊，右邊大篷下為外科手術門診處，左邊為內科、小兒科、牙科、眼科等病症門診處。除了要開刀的病人，在手術室外的花園和走廊候診，其餘的病人經過掛號後都集中在大禮堂等待，大禮堂由慈青帶動，慈青以英語和大牙樂教簡單的醫學與衛教常識、傳導淺顯的佛理、引導唸「阿彌陀佛」佛號、播映慈濟賑災，義診的記錄片、介紹慈濟人文、帶動他們做元穴運動，種種別開生面的宣導，使大家打成一片，笑嘻嘻、樂融融得忘了身上的病痛和等候的煩躁。

學校四周圍課室做為各科醫療室、候診室、外科手術室、恢復室、藥房、總務儲藏室。近百位的志工各就各的任務積極展開工作，充分表現合作殷勤的精神。

開診的第一天，醫生、護士、志工分工合作清理教室，安置儀器、藥物、張搭手術台和醫療儀器、再從兩端的牆壁上釘釘子，將兩條鐵絲兩頭緊紮作為掛葡萄糖（打點滴）之用。志工把折疊床擺搭抹擦清理。好動人的開診前奏曲，大家不為什麼，只為布施窮苦人家。「救人一命，無損己身」何樂而不為！

文宣組（筆耕隊、攝影隊、電腦運作）肩起宣導，與編撰慈濟歷史的重任，拍攝、義診醫療過程，寫出所見所聞的點滴事情，甚至外出居家訪問，為慈濟留下珍貴的史頁。

文宣組的工作室與恢復室只一牆之隔，每次開完刀的病人推出手術室，必經過文宣組再到恢復室休息，所以病人的狀況我們瞭如指掌。

一天卅位的開刀病人齊居一室，麻醉劑一退，反應不一，有嘔吐的、有呻吟喊痛的，有含糊亂語的，尤其是無知的小孩，手插點滴管，手揮腳踢，號啕吵著要回家，弄得醫生、護士、志工不知所措。醫生得不停地驗血壓，按聽診器看病情，志工要和顏悅色安慰，常常看到志工與病人附耳低語，給半昏迷者揉搓。這次以割除甲狀腺和開疝氣（墜腸）為多，三十來張的折疊床躺著的不是喉部貼白紗布的，就是綿被覆蓋著光裸的下體。一包包懸掛著的葡萄糖點點滴滴都是慈濟大愛的甘露，病人無聲的感激，志工、醫生、護士有聲的撫慰，整個恢復室燃熾著愛的暖意。病人脫離病魔的喜悅，志工布施豐富了心靈世界，不同的心靈享受，卻有共一的感恩。

開刀房是兩間大課室相通，分成大手術房與小手術房，開刀房門檻垂掛著外科的標誌——綠色布簾。平生未看過集體開刀的風貌，筆耕的我佩帶照像機、筆與小簿子，（攣像記者），以文宣的名譽走進手術室。小手術房裡的醫生正給病人開背上一粒肉瘤，袒開的肉紅血流泄，醫生小心地摘取，終於挑出一粒紅棗大的肉瘤。肉瘤還包了一層透明薄皮，因為皮連肉，又圓又滑，醫生忙了一陣子才拆開薄皮挑出瘤塊。我再伸長脖子看另一個開手掌瘤的手術，醫生不停地輕挖細掏，像是很難拿到他要拿的東西。我掀起垂帘通往大手術房，哇！六張手術床躺著昏迷的病人任醫生解剖，手術室雖然沒有醫院開刀房完整的設備，可是起碼的燈光、儀器、藥劑齊全。我不敢再跨步進堂，深恐打擾醫生，我只站在綠布簾邊拍照，眺望若隱若現血肉模糊的胴體。

非常敬佩醫生們的奉獻精神，外科醫生包括牙科與眼科。從早上開始看診就得站到晚上，站勢要俯首、彎腰、眼瞪傷口，這種姿勢站久了會腰痠脖痛腳麻，可貴的是從未聽過他們半句怨言，二天半的義診外科大小手術共開了四百十八位，前後五天的行程是剝奪了醫護們不少的利潤。

牙齒痛是最難受的痛，一痛牽連到腦部神經都顫痛。牙科醫療室外的走廊已坐滿待拔牙的病人，醫療室中間的四方桌擺滿了各色各樣的拔牙用具和藥品，潔亮閃光的儀器，真的令人心驚肉跳。六張拔牙的椅子排在兩邊靠窗處，椅旁各矗立著一盞日光燈。久等的病人顯然有點緊張，「坐而待斃」是最殘酷的心理懲罰。每當醫生口喊「Next」，輪到的病人總畏兮兮喊一聲「Naku」；有的在胸前劃十字；有的拍拍胸膛才移步上手術台。我探聽過黎市拔一牙要一、二百元，難怪牙患者認為機會難逢，多次小痛不如一次大痛，一口氣拔掉二、三顆蛀牙。

鄉下人許多孩子因先天不足，再加上後天失調，缺乏營養，又缺乏衛生常識，故容易感染病疾，有的因沒錢看醫生，把小病拖成大病，到藥石罔效奪去了小生命已後悔不及。小兒科的病人最多，也是最嘈雜的地方。小孩的哭啼聲、吵鬧聲、咳嗽聲、大人又哄又罵的嚷嚷聲、閒話嘮叨聲……反正是不同聲音的大匯合。我站了一會兒，看到醫生們拿著聽筒替孩子檢驗、有的面對孩子的家長慎言細解，醫生或許已習慣環境，似乎不受噪雜聲影響。小兒科藥房，桌上的藥品堆疊如山。等藥的人很多，忙得配藥的志工無法偷懶。我向一位配藥的志工問好，看她忙碌的把水倒進小藥瓶裡，再封蓋好，拿在手上一直搖拽把藥粉和水混合，她說她已搖了幾百罐，搖的手都酸痛。我開她的玩笑，這樣妳手臂下鬆弛垂墜的肌肉才會結實。

內科是雜症的門診處，與小兒科一樣，是人多噪雜、細菌傳染高的地方，醫生們幾乎沒有忌諱，一個接一個的診斷，叮嚀病人應注意事項與保健措施。內科的藥房在醫藥室隔壁，配藥的師姐站得腳都浮腫麻痛，坐著寫服藥說明的師姐又坐的腰酸背痛，可能屁股都長了疙瘩。

眼科的醫療室以中年以上的病患較多，經眼醫診斷後，輕者贈藥治療，重者像割白內障的病人全部送到黎市的一間醫院開刀摘除，醫療費全由慈濟負擔。我因為忙著寫稿交卷，失去機會到醫院了解眼科手術房的情況，我對錯失的機會耿耿於懷，因為將來我也會是一位候診室等醫生開白內障的高齡人。這次眼科開了五十一位的白內障病人，恭喜他們，不再是位生活在黑暗裡的可憐人。

恢復室裡昏迷的病人，經一天一夜的休養後一個個都坐了起來，他們像重獲生命似的滿腹感恩，見到醫護人和志工就握手言謝，我們可想像一粒垂掛在喉下一、二十年有小木瓜大的肉瘤是有多重多苦，一旦割除，不只是感覺輕鬆，更能促進新陳代謝的作用。

最後一天的義診只有半天，上午照舊施醫施藥，午餐後慈濟志工總動員，收拾清理環境後，結伴遊玩名聞世界的馬容火山。馬容火山獨霸一方，擁有最完美的火山形，火山兩邊斜坡平均成「八」字形，不像其他的山形狀不規則，看它靜如少女含羞得躲在雲霧裡多秀氣；但是一發怒竟有天崩地裂摧毀萬物的凶狠暴戾。二月她曾經發過小脾氣，但看不出有何損傷的遺跡，據說火山四周土壤肥沃，草木生命力強，繁殖快，一瞬間，綠茵蓋沒了千瘡百孔的地殼，這座雙重性格的火山，令人不可捉摸，時時得存有防備心。

慈濟志工能精神飽滿的工作，完全歸功於香積組的師姐們，她們忍受油煙薰烤，烹煮熬煎，天未亮就起床做菜煮稀飯，一日三餐不同的素食佳餚，供上百人吃，吃得大家多開心。感謝台灣師姐帶來的數樣稀有素材，加上不一樣的烹調，吃的大家口角春風，讚不絕口，謝謝妳們的喜捨，由於妳們的辛苦我體悟到證嚴上人的一句話：「甘願做，歡喜受」那種大捨無求的心寬。

慈濟菲分會已有二十二次下鄉義診的功績，可說是全分會中一枝獨秀。菲國貧富不均，窮人佔全國八〇%，三天的義診，萬人潮湧求診，眼見貧民面黃肌瘦，衣衫襤褸，多令人痛惜。很顯然，因為國貧民飢才豐富了慈濟救貧賑災的行善機會，這是位於富國的慈濟分會所沒有的機會。但慈濟人祈求的是人民豐衣足食，國泰民安，不用慈濟分會團體的救援為大願。

這次有幸能參與義診的工作，親睹到慈濟義診隊不辭辛勞的付出，絕非一般「作秀」的慈善活動，我溶入工作，體會證嚴上人「濟貧，教富」的深遠意義。

二〇〇〇．七．廿五

醫療坊側寫

身為志工每次的賑災或義診，所接觸的不外是衣衫襤褸的貧民或愁眉不展的病人。當目觸罹患重病者滿懷希望地來求診，而後頹喪地走回頭路，望著遠離的落寞背影，我的心好沉好重，可平凡如我只能望之哀嘆！

有一次我情不自禁地追逐一位得乳癌的病人，面臨死亡的她反鎮靜地不哭不號，我傻楞在她面前，竟然不知該說什麼話來安慰，在潛意識裡生病最需要錢，我掏出皮包想給些錢聊表心意，那知蠢笨的我竟觸動她的傷心處，她緊憋的淚水涔涔滴下，牽引了我也淚盈眼眶。斯時，我領悟到貧病交加者被困境牽制的悲哀。事過兩年，我仍清晰記得她那一張汗淚交織的愁臉，和那握住我的冰冷小手。

萬事都有相對論，有悲傷必有喜悅，每次見到由醫師開刀後甦醒過來的病人，我猶似「嚴冬化陽春」，心中一片綠意，為之高興，為之祝福。

當你看到拉成一排割好白內障的老人，他們或左或右的眼睛都封了眼罩，一齊走到醫師前致意感恩後，再牽拉慢慢地走出醫療坊，是的，他們踉蹌的腳步將走出黑暗，迎向光明的路途，希望拆除眼罩後穩健地過其不必人侍候的暮年歲月。

甲狀腺腫瘤尤以女性為多，一顆養了一、二十年的肉瘤垂掛在脖頸下，把臉部的肌肉都拖墮下來了，任何人看到這垂墮的腫瘤，無不感嘆為何不開刀割掉呢？我友曾對病人笑著說：「那麼笨，為何不開刀拿掉，留著幹啥？」養尊處優的她，怎知捉襟見肘的窮人，那來的錢看醫生。貧病者就這樣把小病拖成大病，直到久病沉痾，藥石罔效，白白送掉一條生命。曾經訪問過一位要開甲狀腺的中年婦人，她的腫瘤是雙胞胎，兩顆圓圓的肉丸垂掛在頸下十幾年，她哽咽陳述赤貧家境的無奈，一定要「慈濟」割掉它。菩薩保佑，開刀順利。我到恢復室時，她已甦醒坐在床沿，她看到我就合掌一拜，比手指劃封有綿紗布的脖子，示意腫瘤不見了，她高興得綻放出無比輕鬆的笑顏。

許多男性病患有陰囊脹大的疾病，俗稱「小腸疝氣」或「墮腸」。墮腸垂壓在褲底下突出多難為情，然經醫師的巧手還給他男性的尊嚴。手術後尚不適合穿長褲，無可奈何！只好穿著太太的花裙子，露出粗糙的毛毛腿前來告別醫師，而後尷尬地走出人多密集的慈濟醫療坊。慈濟志工一片愛心地忙進又忙出，最安慰的是看到受惠者的開朗微笑。

馬尼拉很少見到兔唇者，但慈濟一下鄉義診，沒想到綠林茅屋裡隱藏著不少的兔唇小孩，小孩如小白兔蹦蹦跳跳，一張張可愛的蘋果臉，「人中」卻開叉地露出牙床和牙齒，窺看美中不足的小孩，一句「一殘破九貴」的話來憐惜無辜童稚實不過份吧！幸運的小孩經慈濟醫師整容後已不再張牙暴齒，雖有瑕疵，已可遮羞，相信孩子長大後將感激父母親當年狠下開刀整形的果斷。

去年十一月隨慈濟到馬利謹那義診，場地是在市政府新廈，四周是寬敞的停車場，大廈乾淨，空氣流通，設備現代化，設有DZBF無線電台。播音員特地訪問李偉嵩師兄，直接向廣大的民眾介紹慈濟。我們文宣組跟著李師兄做記錄工作，了解到廣播電台的設備和運作。

每一次的義診，最喜歡逗留在外科手術室，這片天空可接觸到不同樣的都市小人物，可聽見病人不同的聲音，待開刀的滄桑病人是我筆下最好資料。

醫院的手術室是閒人勿進，在慈濟的臨時手術室就特別通融文宣組進入採訪。目睹手術床上病人接二連三地上下起落，感嘆人生無常，感恩醫師仁心仁術救苦救難。

手術室有一道屏風，屏風恰好把手術室分成內外兩室，屏風內為婦女割切乳瘤專用，整個下午開了四個乳瘤病患。我除了訪問、記錄與拍照外，有時醫生的助手走開，我臨時充數，幫醫師遞刀、送鉗子、給鉤子、傳針線……，甚至替醫生抹擦流到眉間的汗水。感恩能有機會見識手術室乾坤，那是生命去留的轉捩站！

割乳瘤只要局部麻醉，醫師摸摸腫瘤的正確位置後，刀一橫切，血液流注。四位病人中，有一位是小學老師，是最害怕也最害羞的一位，她躺上手術床反覆思索又下床，禮讓別人先開刀，而她靜坐旁觀調整心理。有一病人乳房一切開，發現裡面長了三顆肉瘤，因為血液不停流泄，加上肉瘤是軟體物滑溜溜，鉗子很難夾住，醫師費了不少時間才割掉它。旁觀的女老師對我說：她以前很怕血，今天看到那麼多的血液，好像恐懼症不治自癒，說完勇敢地躺上手術台，也許她有所感悟，才改變初衷，坦率地要把尚可治療的乳瘤割除。主治醫生應該很懂女人愛美的心理，他手下留情，只劃了一寸不到的裂痕，當然這小隙縫作起手術較難，但讓肉體不留疤痕是他的意願，這就是醫德。

志工面對許許多多形形色色的個案，從中見聞體驗人生八苦。感恩前生修來的福分，能有好環境好身體來服務人群，同時藉我所長，以文字敘述與有緣者共同分享。

二〇〇二・正・九

斷腿的三輪車夫

慈濟配合菲華商聯總會所主催的慶祝菲國一零三週年獨立節活動，提早在獨立節前兩天於二〇〇一年六月十日赴迺乙，甲美地（Naic, Cavite）做一天的醫療義診。

一百四十二位身著「藍天白雲」的志工和五十一位醫務人員，天一破曉就起程，大家一片歡喜心再次牽手，邁開關懷的步伐。車順利地抵達這剛甦醒的新興小城市。一大早，市民已開始忙碌著一天的生計，迺乙市車水馬龍，商店林林總總，市容繁盛。我們四部大車一停泊，使這小城更現擁擠。義診的場地設於鬧市中心，周圍有學校、教堂、籃球場、黎剎公園和一個多功能活動廳（Multi Purpose Hall）。一些大小攤販乘機佔排行人道，吃的、喝的、穿的、用的琳琅滿目。而令我耳目一新的是目睹一輛三輪車，車後綁著一台卡拉ＯＫ穿梭大街小巷，它匆匆掠過，在我眼眸裡留下奇特的印象。

晌午時分，艷陽燠熱，在體育館（臨時醫室和配藥室）入口處站著一位魁梧的中年菲漢，他汗淋淋地握著拐杖，一顛一跛地移步，原來他就是我目睹到的三輪車車夫。他與慈濟有緣，慈濟為拯救殘廢人的心願與他許下諾言，這次醫療隊來到他家鄉義診，他千思萬想該如何盡一份綿力？於是他以能力所及出動了三部三輪車，綁上喇叭、音響四處穿梭傳播義診消息，呼叫村民鄉親勿失良機診病。經他一傳播來了病患數以千計，僅一天的義診惠及三千貧苦病患。

每次醫療隊下鄉出診總得在一、兩個月前做籌備的工作，這次為響應商總的活動，臨時決定到近鄉的甲美地義診，恐宣傳不夠，掛慮著看診的人不踴躍，沒想到冥冥中出現「有緣人」義務宣傳，而且是一種別出心裁的傳播，護持慈濟醫療隊不虛其行，付出愛心服務人群。

感恩殘障人為了回饋慈濟，忍受炎陽曝曬，不惜嘶破喉嚨號召村民來醫治。他的協助間接幫助了數千貧病交迫的村民有機會就醫，他的善念義行，不止造福他人也為自己積福，有句諺語「跛鼇千里」，只要心中有愛，殘缺人也可利益於社會。

殘障人Crisostomo Perea，四十六歲，已婚，妻賢子孝，他努力營造了一個幸福的家庭。一心一意要給家人有更好的生活與教育，於是拋鄉離家隻身漂洋過海到沙地阿拉伯（Saudi Arabia）打工，他勤勞節儉，幾年後帶了積蓄還鄉再打拚，為防「坐吃山空」，他把部份積蓄買了一部三輪車，自己開車謀生，從此滿足地過其安居樂業的平淡生活。不幸，有一天他開著三輪車，突然被一部開快車的運輸車給撞上，這一撞撞斷了他的左小腿；也撞斷了他的理想與鬥志。生活突遭變故，他的脾氣變得如氣候陣雨陣風，我們可想像一個勇桿的壯漢突然斷了腿的悲哀與怨懟心態。

他不服氣就此終身癱瘓，遂把身邊剩餘的儲蓄全用在與對方打官司，至今三年已過去，這場訴訟乃無頭緒。義腿是當地Free & Accepted Mason替他安裝的，他的律師建議向慈濟慈善機構求助，他卻把律師的話當耳邊風，不敢相信人世間會有這麼慷慨支援而不受任何代價的機構。

他或許前世積德，與慈濟結好緣。慈濟獲知有這麼一位可憐人，主動的去拜訪了解。證嚴法師一向期勉慈濟人抱持「跑在前頭，做到最後」的精神。當慈濟人出現在他簡陋的家時，他正忙著修理一架舊電風扇，從這可看出他雖癱了腿，但並不枉費一雙靈活的手。慈濟人給予關愛開導人生無常的教理，並道明給他安裝較好的義腿（原先的假腿笨重難行），他的眼神透出了一絲曙光，感動地流下淚來。

他對電器有點常識，平常收買一些破舊的家電來修理再賣出，他因為沒能力構買電器商應俱備的材料與設備，所以只能慘淡經營。慈濟除了負擔他的醫療費用，尚計劃出資幫忙他發揮一技之長，給他自力更生，不用依賴他人的施捨，好減少社會累贅。

他與慈濟君子協約：一、賺錢要還，二、要現身說法（他要借己身作例子向人說法勸化）。

慈濟甲美地義診，他自動自發發動三輪車到處呼喊召集村民，實踐了現身說法的盟約。義診一週後，慈濟也實踐諾言，派志工專程到甲美地接他至崇仁醫院做完善的檢查和測量，以備做新的義腿。

愛的關懷，使病家得到人間的溫暖，令病人恢復信心面對生活。慈濟的關懷，必然有始有終，對受惠者做後續的追蹤關懷，確定已能完全自立，真正渡過難關才結束支援。這就是慈濟人保持「跑在前面，做到最後」的精神。

但願再見到Crisostomo時已是意氣風發，重整旗鼓。祈祝他一家人平安幸福！

二〇〇一．六．二十

辛酸長在兔唇上

小婦人Emerita C. Velasco二十七歲，生有一男一女，她最悲痛的是丈夫在生活最拮据時突然失蹤，像泡沫般一爆無痕。在一深夜酣睡中，被兒子的哭啼聲吵醒，才發現睡在身邊的另一半不見了。事過多年，她還不明瞭與她山盟海誓，不嫌她醜陋的男子為何狠心拋妻棄兒，純樸善良的她仍每天癡癡地呆楞著窗口「望夫歸」。

Emerita天生兔唇，七歲時左上唇開始長瘤，如今腫瘤大如熟透的紅蕃茄。她母兼父職，卻因一張醜陋怪異的面容，覓不到一業半職，惟有自力更生，靠雙手替人洗衣，撫養栽培兩個孩子。微薄的收入，若要看醫生治病是天大的夢想，奈何！只有忍受世人拋來奇異的眼光和指點譏諷。她心靈的小天地裡，除了家務就是等待丈夫的歸來，並祈禱天賜奇蹟藥到病除。

慈濟醫療團到蜂省義診是她所等待的天賜奇蹟，天未亮即放下家務到大同中學排隊。她福氣大，是手術房第一位開刀的病患。

整型外科醫師劉南文，用消毒紗布清理局部腫瘤再打麻醉針，開始剔除隱藏唇中二十年的瘤塊。劉醫生一片愛心，仔細地、用心地切開唇上的肌肉，好不容易在血水模糊中拿出一塊由多粒粉白色軟物體凝成的一大瘤塊，肉塊一拿出，人中肌肉呈現鬆軟，劉醫生把多餘的肌肉切掉再縫合，還她一個正常無缺的面龐。Emerita在手術進行中，只是局部麻醉，她頭腦清醒如常人，因感受到醫生刀割的每一動作，她雙手緊抓著兩腿的褲管，一刀一揑地到手術完畢才鬆懈。我撫摸她的手臂，感應到脈博的震跳，好堅強的女子，挑戰著命運對她的考驗，祝福她有個好未來。她非常感激「慈濟」醫好了她的腫瘤，可是她的憂悒仍潛在，因為她的兒子也是個兔唇。

醫師的巧手還她一副正常的五官，讓她脫離陰霾，但願她能以正常心態過其正常的生活。

二〇〇一・正・卅一

孿體嬰緣在慈濟

俗語說：「一樣米飼百樣人」，是的，百樣人有百樣的人生過程。不同的環境，有不同的際遇；不同的思想層次，有不同的體現；不同的造業，有不同的因果報。地球村存在著未知數的連體人或畸形怪狀人，運氣好的，可藉昌明的科技治療整形；厄運者，於手術台上往生的多的是；再不然，沒能力動手術者，只能拖著軀殼過著自卑心重的黑暗人。

台灣花蓮慈濟醫院成功完成分割手術的菲律賓連體嬰慈愛（Lea）和慈恩（Rachel），從連體分割到分離過程，頻頻地出現在大愛電視台和各地報章，直至返抵國門，仍受寵地引進菲航機場貴賓室，做二個小時的記者招待會。機場內外不單是一群慈濟人，還有菲中社會名人賢達熱烈歡迎，貴賓室擠滿各大報章、雜誌、電台、電視台的記者和攝影師，鎂光燈不停閃爍，捕捉不同的角度與層面的鏡頭。一個小人物，有這種非同小可的待遇，真是不可思議。

連體嬰投胎在深山僻壤的一對年青夫婦家，她們的誕生，使貧困的家境更窘迫，但是人窮志不窮，他們蠻有智慧的為畸形女兒的前途早早設想，夫婦攜帶著村人湊足兩萬元的醫藥費，千里迢迢地從山村輾轉到馬尼拉求醫，醫院開出一百萬的手術費用，對一天五十元工資的農民來說，幾乎是天價。因緣巧合，被在醫院關懷的慈濟志工發現，將這特殊個案呈報證嚴上人，上人慈悲，即刻請花蓮幾位醫師來菲做慎密的評估，醫師判定有八成的把握，於是在二〇〇三年四月中旬，母親瑪莉沓在關心人士的協助中辦妥護照和入台簽證手續，她勇氣十足抱起連體嬰隨著幾位陌生志工去台灣，促成了這跨國成功連體嬰分割的大手術。

非常佩服孩兒父母親的勇氣與智慧，他們為了孩子的將來能當機立斷答應慈濟的醫療提供，若是遲疑不決，沒及時掌握天降的因緣，等因緣流失想再追回恐已緣盡，遺下的是慈母心無限的悔意。

一個疑問絆繞著我的腦海，到底是連體嬰本身還是其雙親前世種下的善因，想想連體嬰是菲律賓人，而且是基督徒，竟有那麼大的福報擁得佛教慈濟的關愛，動員了六十幾位的醫護人員，花費近三十二萬美金。從連體到分離，其一路履跡都錄記光碟，由大愛電視傳播世界每一個角落，讓大家認識了這貧寒樸實的一家人。好深邃的一面緣。

試想，連體嬰若是在菲律賓動手術能成功嗎？我想成功率渺小，因為不只是要花費大錢，還要有精密齊全的醫療儀器與設備，除此之外，要有仁心仁術懸壺濟世的醫生，更需要乾淨舒適的環境，在愛的呵護下做復健關懷。我每每看到此對可愛的連體孿生姐妹，就從心裡讚歎：「多有福報啊！」

菲律賓慈濟人將棒子轉交給台灣，促成了跨國手術的圓滿成功，印證了證嚴上人的「大愛無國界，不分種族」，從中肯定了台灣醫學界的技術是不落人後，而慈濟人的行善，更是觸動了無數觀望者的讚歎。上人為紀念這段因緣，給分離後的難姐難妹名為「慈愛」與「慈恩」。連體嬰於六月廿八日開刀分割，卅日拔管，七月一日是這對姐妹花的週歲生日，慈濟給了她們這一生最珍貴的禮物——人生轉折。

目睹分離後的幸運兒，烏溜溜的靈活大眼睛，不怕生地瞪著人看，也許小小的心靈對眼前晃來晃去忙裡忙外的大人，感覺莫名其妙！眼睛是靈魂之窗，從眼神可看出上天賦予的智慧，希望先天的聰慧加後天的教育栽培，將來倆姐妹是社會上出類拔萃的人物。

恭喜姐妹花大解脫，不再過著你推我拉、前仆後繼的連體生活。待長大後觀看記錄片回味一段不尋常的過去，體會自己多麼有福報。她們要感恩父母恩重，勇於承擔與厄運挑戰，才能讓她們昂首立足過正常人的生活。

上人的祝福：「期待她們一步一步走上人生的康莊大道，活得健康活潑，亮麗光彩！」我希望她們珍惜與慈濟的一段緣份，做個安份守己的菲國庶民，發揮生命最大的潛能，以利益眾生為目標，這就是報恩。

二〇〇五・九・三

艷陽天，與連體嬰小聚

病房內的小家庭

二〇〇三年八月廿九日，太陽高照，熱浪襲人，本想偷懶睡午覺，但因得履行到醫院值班的諾言，於是午飯過後，即換上「藍天白雲」，驅車前往崇仁醫院。待車駛至警衛站，我拿出菲幣廿元要付停車費，陌生的警衛先生友善地說：「妳是慈濟人，不必付錢，請進。」我驚喜地道謝，滿懷感恩地把車停泊在陰涼處。「藍天白雲」這莊嚴樸實的制服是慈濟人的標誌，穿上它不只有其方便的同時，更贏來羨慕和敬重的眼光。

走過醫院大廳，坐電梯，到通往病房的走廊，所遇到的護士和清潔工，無不笑容可掬地以手勢指路。看到「藍天白雲」慈濟的「名牌」，不必語言，都知道我們是來看誰家病人，被尊重的感覺真好。敲三下推開610號套房式病房，映在眼簾的不是醫院白色淡漠的擺設，而是一個溫馨的小家庭：客廳裡有沙廄、餐桌、冰箱和洗手台，十分舒適；病房內有兩張嬰兒床和兩張陪病床，此外還有電視和衛浴設備，可稱一個小家庭的起碼用具都有。

或躺或趴的慈愛（Lea）和慈恩（Rachel）蠢蠢欲動，烏溜溜的大眼睛一直看著我這位不速之客，誰是慈愛？誰是慈恩？我無法辨識，當我對辨認有所眉目時，但經人抱來抱去或更換衣服後，我又迷糊地分不清誰是誰，兩張小小臉龐沒有明顯特徵可給人一目了然地分別，小寶寶相似地讓人對著她倆傻猜測。

在醫院一下午，看到初為人父人母的安迪與瑪莉沓被一對女兒纏得團團轉，拉拔一健康的嬰兒已是困難，更何況是一對剛從台灣慈濟醫院完成分割手術的孿體嬰，一對寶貝女兒唱雙簧似的，一會哭、一會鬧、一會笑、一會吵、一會尿尿、一會拉屎，一會要吃奶水，一會要人抱、一會……唉！孩子正像氣候難捉摸，陰晴不定，弄得大人手忙腳亂不知所措。慈愛與慈恩的一哭一笑是身體狀況好壞的預兆，若嚎啕大哭，真的是震駭人心，連菩薩都不得安寧。連體嬰雖平安地分離獨立，但是尚需要做血液、感染、急病、腸胃的醫療照顧，此外，復健師每天為兩位寶寶訓練身體肌力及對聲音、顏色的辨識能力。連體嬰由於相連太久，長期側躺難以站立，以致缺乏運動，腳的肌力不夠，這是目前復健的重點所在。

多令人感慨的是整個房間從玩具、衣服、毛巾、食品、藥物、奶粉、尿布、罐罐瓶瓶的餅糕糖都是「台灣貨」，精美玲瓏。

我走之前，巧碰一菲工把幾個紙箱扛進來，我好奇地留步，看看印有「Taiwan」的箱裡藏的是什麼？原來是花蓮醫院送來的，像「Sari Sari Store」（小雜貨店）一樣，各種用品應有盡有，不勝枚舉。連體嬰在花蓮醫院前後住了四個多月，這期間，可愛乖巧的姐妹倆，與醫院的醫師、護士、志工結了「你儂我儂」的好緣，從張張的祝福卡上可體會花蓮慈濟人對慈愛與慈恩的思念。證嚴上人還關心他們一家的生活，殷殷囑咐，對父親安迪就業問題要有妥善的安置。這就是上人的慈悲，每一個個案，她都追蹤到底，關懷到病家康癒才了願。

慈愛與慈恩的個案，是跨國醫療的接力延承，台灣花蓮圓滿了分割大手術，由菲律賓慈濟人與崇仁醫院接手醫療照顧責任，我們得用心照顧到孿生姐妹完全康復回到其家鄉。

走出房門前，再回首一看孩子們的可愛與純真，心中默默祝福她們健康愉快。

二〇〇三・十・二

水泥屋裡做復健

已有一個多月沒見孿生姐妹慈愛與慈恩，聽說她們已從崇仁醫院搬到錢師兄的工廠繼續做復健。不管天氣有多熾熱，十月一日我與蓓蘭師姐一同前往關懷這福大的一家人。

按照錢師兄傳來的路標一路尋覓，車馳騁在寬闊的Ortigas大道，菲律賓有「富人村」，我想這條以富豪的姓氏為名的大道，應該是「富豪道」，大道兩旁不是高樓大廈，就是高尚的住宅區。越過二三座大橋，駛入一條又狹又長的馬路，左轉右拐，終於來到熱鬧繁盛的Cainta市，這裡門庭若市，一般著名的商業、連鎖店都來開業，在我印象中，這人口密集的地方九成是菲人，華人稀少。

從車內瞭望街頭巷尾，各行各業的攤販亂搭散置，把行人道擠得水泄不通，紊亂髒兮，多年來一成不變的街景是菲國的特色，這特色顯示中下流社會討生活的勤勞一面。

左顧右盼，終於摸索到目的地，一道綠色的大鐵門。警衛查問後，進入門內，眼前是一座大工廠，由管理人員引我們登上左舍的三樓，這裡像是深溝高壘，我們站了好久，才有人把鐵門啟開。我腦裡推測，孿生姐妹應該是住在工廠邊的簡陋木屋或茅屋，沒想到是所不怕風吹雨打的堅牢鋼筋水泥屋。感恩錢小進師兄不吝嗇地讓出這麼好的住宿。

踏入三樓，哇！寬敞的走廊，兩面是鋁條大窗，空氣流通，可看到藍藍的天空，搖晃的樹葉。慈愛與慈恩正各自坐在學步車上自由地滑行，她倆可能已熟悉慈濟人的制服，看到我們竟親切地笑了，我拿了一粒蘋果給（不知是慈愛或慈恩），她高興得緊緊握在手掌中不放。看到她們健健康康，我們無限欣慰，因為可有好消息稟報上人。

慈愛與慈恩因為腳的肌力不夠，尚無法行走，與同齡相比是較為軟弱，但只要她們身體健康，行走是早晚的事。

經過媽媽瑪莉沓的允許，我掀開慈愛的上衣看看連體嬰的傷痕，小肚子有一條五寸長的縫線疤痕，而且胸骨微凸，我想慈恩胸骨應該是凹進才對，試想，分割後，麻醉藥緩退，兩個小可憐是怎樣從激痛中熬過來。同情中我與師姐各自抱了一個安撫，看到蓓蘭師姐滿懷歡喜心地逗著她們玩，媽媽瑪莉沓心情亢奮，黝黑的臉上浮現笑容，好偉大的母愛，相信苦盡甘來的日子已不遠。

下面為訪問瑪莉沓的記述：

小　華：瑪莉沓，妳現在最希望的是什麼？

瑪莉沓：最希望慈愛與慈恩趕快康復能走路，我要帶她們回家給阿嬷阿公以及鄉民看。我能夠來馬尼拉求醫是鄉民湊出二萬元給我們做路費，是我們運氣好，才有機緣遇到慈濟。所以，我很想回家與他們共享我的快樂。

小　華：你看，鄉下簡陋貧乏的生活，妳能適應嗎？

瑪莉沓：我想，這幾個月來在花蓮與馬尼拉慈濟人的愛護下，給我們優裕的待遇，我想或許是不能適應，但是究竟那是我生活過廿幾年的家，我會慢慢地調適。

小　華：你先生已在這裡做工，妳能回去嗎？

瑪莉沓：隨機應變吧！看我們的命運如何？

證嚴上人殷殷囑咐要給孿生姐妹的父親一份工作，有了工作後，就可慢慢放下對他們一家人的照顧，給他們很自然地回歸以前的生活方式，讓他們自力更生，去面對未來的日子。

走前，我再仔細的辨認誰是誰，孿生姐妹因為臥了一年，臉龐較瘦長，沒有嬰孩圓潤的蘋果臉。據媽媽說：慈愛的眼睛較大，臉較圓；慈恩的眼睛較圓，臉較長，我睜眼游目看著她們的靈魂之窗，都是烏溜溜圓滾滾的似乎沒啥分別。她們靈活圓滑的大眼睛，長睫毛一眨，小櫻唇一笑，可以「一笑傾城」來形容。孿生姐妹相似度達九十以上，恐怕除了媽媽之外，很少人能分辨得出誰是誰。

分割開來的連體嬰，從此不受牽絆，可擁有各自的天地，但願長大後能連心合和，不要忘記為她們分割的花蓮慈濟醫院。更希望瑪莉沓把她們教養成為一個富有愛心，樂於助人的人，回報雙親，回饋社會。

二〇〇三．十一．四

連體嬰的近況

如今的慈愛與慈恩已經八歲了，纖小可人，聰明伶俐，只是身體較虛弱，愛感冒長咳嗽。

連體嬰在慈濟菲分會的資助下就讀菲律賓佛教普濟學院，今年將上小學一年級。相信以一位菲律賓人進華校就讀，在語言、文化的差異和生活習慣的影響下，學習的路途會比較艱難。然，據老師言，乖巧的兩姊妹成績不錯，學習快；而最讓人讚嘆的是課本以外，老師所教的「靜思語」和「弟子規」竟能朗朗上口，被送如流。連體嬰一家人居住在慈濟社區環保站的水泥屋裡，父親在慈濟志業園區工作，母親持家。一家生活簡樸，不須為住宅、學費操煩是一大福報。上人殷殷囑咐要多多照顧渡化此家有緣弟子。

二〇一〇、六、五

坐「鐵軌木車」發傳單

每個人都有一條回家的必經之路，而由岷市到我家定要橫過一條火車軌道才能到達。菲律賓的特色，有火車軌道就有人家，貧民由四面八方遷來軌道兩側落地生根，他們檢拾破銲片、舊木材、鐵釘、繩子、塑膠物就粗製濫造搭起豆干厝，路邊原有的野花雜草都被違建屋和垃圾堆掩埋了，形成另一種醜陋的城市風景。

是那位頭腦多出一竅的發明家還為這些居民製造出另類的交通工具「鐵軌木車」？初見其車是在我必經的火車軌道上，它快速地在我眼前一溜，我這個大近視眼還沒看清楚，它已溜得遠遠，留下一幕模糊的影像在腦海裏翻攪。

一路上我一直想它簡陋的形像，是鐵做的還是木做的呢？我竟有想坐它的念頭，體驗一下軌道人家的專利車，來寫篇別開生面的題材，但想歸想，實際行動談何容易。後來，也許是錯過它出入的時間再也沒看到「鐵軌木車」。

想不到在我腦海淡忘了的一回事又萌生，而且是在我毫無心理準備下實現了。

慈濟菲分會十週年慶，展開了一系列的活動，其中假志業園區舉辦第四十六次義診為重頭戲。為了嘉惠更多貧苦病患，印了數千張的義診傳單，由志工們親臨貧民窟分發。

二〇〇四年十一月九日一時，三十幾位志工在副執行長李偉嵩師兄的帶領下分成三組，兵分三路進入舊仙沓美莎（Old Sta.Mesa）區的十二個描籠涯（Barangay）發傳單。

三天後，一支「藍天白雲」的隊伍，在炎陽高照下穿梭在街頭巷尾的紅男綠女中，夾在擁擠的人潮中，我深深體會到菲律賓人口膨脹的恐佈危機，菲國百分八十的貧民若忍不住飢餓而齊聲喊：「攻呀！搶呀！」，那將是一場血濺黃沙的革命。

跟著描籠涯領路人走入狹窄的陋巷，拂鼻的是一股臭酸腐味，到處殘舊破爛的違建屋，狼藉污穢的環境，實非人住之地。剎時一陣悲憫之情湧上心頭，心中吶喊著上人的一句話：「給苦難人一支拐杖」，何時政府賜下拐杖，讓他們走出人生的惡運?!

天氣燠熱路難走，我們挨家挨戶分發傳單，好不容易走出陋巷的迷魂陣，來到寬敞的火車站舒一口氣，映入瞳孔的是一部部「鐵軌木車」在軌道上滑行，我高興地幾乎要跳躍起來，這可真是我的幻境實現？師兄建議坐木車發傳單給住在軌道邊沿的居民，這建議是我求之不得的，怎能夠放棄！所以我第一個舉手贊成。

我們分坐兩部車，木車沒有圍欄，只在木板中央搭起兩條木凳子，一部木車可坐八個人，一邊坐四個人，是背靠背的坐法，兩部木車相隨在鐵軌上迎風長嘯傳達慈濟的愛心義診。

「鐵軌木車」可能是一部舉世最便宜的車，沒有引擎、馬達、方向盤，輪軸、不需汽油電力，只要把長木條做成凹狀型地夾住兩邊的鐵軌，車夫後邊站，開車時只用手腳一堆一踏，木車就在磨得光滑滑的鐵軌上迅捷啟動。有趣的是軌道兩邊凹凸不平的草地就是停車場，只需要把木車推到草地上停泊就行，粗糙的木車只是爛木頭，不怕偷車黨光顧，車夫可高枕無憂地逍遙去。

聽說木車是向出租商租用的，共有四十輛輪流滑行，一天一百元租費，坐車一人五元，可隨地上下，一天約可賺二百元。火車有固定的時間穿行，剩餘的時間任由木車自由滑行。我想出租商定有背景，只有他才有使用權？

火車軌道兩旁別有乾坤：多為住家、住家開出小雜貨店、美容院、玩電腦店、卡拉ＯＫ店、相信萬家燈火時，可有「小酒吧」（Bar）出現。他們生於斯長於斯，衣於斯食於斯，或許在他們樸實無華的世界裡沒有貧困兩個字，見他們和睦融融，是安於現狀，樂於現實，他們就是上人常說的：「知足常樂」。

鐵軌木車徐緩而行，微風煦煦地把太陽熱能沖淡了些，我們把手中的傳單都發完後，就倒車走回頭路，有趣的是，車夫要我們全部下車，好把木車倒轉再讓我們上車啟航。路邊上居民友好地拿起傳單揮手目送我們遠去，相信我們的到來，給他們對慈濟有了初步的認識。我衷心祈禱，不久的將來會有拐杖，甚至有仙人棒來改善環境與民生問題。

走完長長的火車軌道，這該是我的首次也是最後一次難得經驗，讓我對人生體會又深入一層，當機會來臨就要抓住，一錯過就無法補回。我回首多看那停泊的「鐵軌木車」，簡陋粗糙的木車是盡了服務人群的責任，也成全了我這一篇拙文的面世。感恩！

二〇〇四．十一．十八

髓緣，話及丁佩佩

大愛電視台於五月間播放了一齣真人實事的動人連續劇「髓緣」，相信許多人都看過這可歌、可泣、可喜的故事。從銀幕上我們看到血癌病患的痛苦與求生的掙扎；同時也見到不平凡的捐髓者以「救人一命，無損己身」的愛心獻捐骨髓拯救垂危的病人。除此外，我們還感受到家有一病人，帶給家人的無比憂悒困擾和恐惶、煎熬的心靈過程，感染觀眾為之焦急為之落淚，顯然對身在幸福健康中的人有很大的警惕。更值得敬佩的是慈濟人齊心行菩薩道的堅持與不懈，他們一次又一次的宣導、一次又一次的活動，感動人心的點點滴滴，終於讓世人認同，打開捐髓風氣。劇情讓我們體會到生命無常，從中懂得好好珍惜生命與身邊一切的人事物。

從故事中我們了解到骨髓配對是萬分之一的機會，一個骨髓資料庫必須集聚上萬筆資料才能發揮作用。幾年來，慈濟骨髓捐贈中心召募了二十三萬名志願捐髓者，完成配對三百八十三例，愛心遍及世界十七個國家，當今台灣的骨髓資料庫是居世界第三，美國居首，第二歐洲。

＊　＊　＊

罹患血癌的華裔女大學生丁佩佩，她在本地某家醫院治療有一段時期，但病情未有起色，又付不起昂貴的醫藥費用，她的免費主治陳少逸中醫師見她日漸衰弱，非及時換骨髓不可，便拜托好友許鴻業先生向慈濟菲分會求助骨髓移植，慈濟副執行長錢小進師兄兩次安排於崇仁醫院為佩佩抽血，他攜帶血液快馬加鞭趕到花蓮骨髓庫去配對，結果在二萬多的骨髓配對不到。很多血癌患者，往往未及等到配對，就不幸往生。救人要及時，於是把目標轉移到她的血親上，有幸，從她胞妹真真的血液配對成功。許君是菲華促進會理事，提議佩佩到中國杭州浙江醫院移換骨髓，促進會理事長邱仁士先生安排並陪送到杭州。慈濟證嚴上人也特地派穎師父和昱師父去慰問和送上她無限的祝福與關懷。為拯救丁佩佩，自去年到今年中旬，曾經幾次在報端上公開募捐醫療費用，在僑社熱心人士的資助下，丁佩佩與其母親於二○○一年十一月前往杭州醫院治療。

六月間，我與文藝界幾位女作家前往上海參加莊氏家族「兩塗軒」書畫珍藏精品捐贈上海博物館的開幕典禮。在杭州參觀博物館的行程中，我與莊幼琴、黃安瓊乘機前往探訪丁佩佩。最讓我心安的是看到丁佩佩比我想像中還健康，五尺七寸高的她，光頭、戴著口罩，身穿院方的藍色直線條的睡衣，我還誤為躺著的是年青小伙子呢！她因為化療（Chemotherapy）反應，頭髮脫禿，而雜多的藥劑中有一味是類固醇（Steroid），它的副作用是使人臃腫發福。當時，丁佩佩的白血球已漸漸地上升，身體狀況良好，只是血小板稍為偏低，尚得打針補充。

以下是筆者在花蓮慈濟博物館的骨髓移植壁報上抄錄下來，在此穿插在文中，使讀者更詳細明瞭：

何謂骨髓移植

骨髓移植，簡單的說就是將健康人的造血幹細胞以輸血方式輸入病患的靜脈中。

認識骨髓捐贈

透過慈濟骨髓庫找到的捐髓者是一篇篇動人的故事，捐髓者與病患素不相識，卻為了救人的崇高信念，樂意付出自己的時間，忍受扎針之苦，捐出寶貴的骨髓液。

骨髓是造血幹細胞存在於我們體內很多的骨骼裡面。它不斷的分化與成熟製造不同種類的血球，源源供給我們消耗的血球液成份。

捐出的骨髓可以再生，幾個星期後也會老化而被新生的骨髓所取代。異常的骨髓細胞也可能會造成血癌，或再生不良貧血。許多人將骨髓液與脊髓液混淆了，脊髓液指的包圍在脊髓神經外一層薄薄的液體，與抽取骨髓是毫不相干的。

施者得福而樂

捐髓者在抽髓前，接受完整而詳盡的健康檢查，確認捐髓者符合骨髓捐贈條件。在抽髓十四天前，捐髓者至所屬的醫院血庫或捐血中心抽取二百五十至五百CC的備用血。

抽髓當天，捐者先全身麻醉。再由醫師從臀部兩側腸骨抽取所需的骨髓液，然後，注入血袋內。抽取量依病患體重而定。手術所需的時間，約一至二個小時。捐髓者接受事先預備好的自備血來彌補失去的血量。一般捐髓者在抽髓後隔天即可出院過正常生活。

受者得救而安

受髓者在移植兩個星期前住進無菌病房，用殲滅療法徹底消滅了所有的惡性細胞，它也抑制了排斥的作用，以利異體骨髓在受髓者體內能再生分化。此時病人處於非常脆弱危險的狀況，以等待健康骨髓的植入。

在移植當天，抽取好的骨髓液要在二十四小時內注入病患體內。移植後，受髓者必須住在無菌室內，觀察初步移植手術是否成功，大約兩星期後即能判斷。

當移植的骨髓種植成功，各類血球恢復之後，病人便可遷至一般病房。約需一年時間受髓者的免疫功能才可完全恢復正常。

簡記丁佩佩述語

丁佩佩說：在骨髓移植手術前幾天，她每天要服食一百四十八顆的藥丸，得連續吃四天。天啊！健康人一次服那麼多的藥，都會反胃作嘔，何況是一個脆弱的病人！在化療、扎針、服藥的治療期間，醫生下的是極強的大藥，藥劑使她混身像火中燒的難過，嘴腔嘴唇乾燥龜裂，甚至舌頭紅腫，難以說話，無食慾，會嘔吐，又睡不好，身上無從計數的密密針孔隱隱刺痛……她講起身受的痛苦竟悲泣流淚，我們好佩服她與病菌搏鬥的毅力，我們只能同情卻無以為助也不知該如何安慰她，只有陪著一同落淚。

手術前幾天，丁佩佩被移進封閉房使她適應兩天，同時得照顧捐髓者身體良好。四月七日捐髓的妹妹也進入封閉房，八日清晨兩姐妹均接受全身麻醉，兩人平躺左右手術台，從真真的股側骨盤打洞抽八百CC，再從佩佩右邊頸項的靜脈管注入。據說手術後麻醉藥一消退會極端疼痛一、兩天。人類白血球抗原（HLA）要相同，才能配對捐髓，血親關係的機率高，而非血親的捐髓者能和受髓者配對，也許真正前世結下很深的緣份，今生才能有幸再結下「髓緣」吧！

骨髓移植後最忌諱的是細菌感染，所以佩佩得住進無菌加護一個半月，四十五天內病人與外界隔絕，與親友講話僅從電視網上見面談。丁佩佩回想那惶惶又孤獨的四十五天，不禁憂蹙眉頭說：「我孤獨寂寞地渡四十五個白晝黑夜，眼所觸的不是白衣大士，天使，就是醫療儀器和藥物；當漫長的四十五天後從無菌房推出到普通病房的剎那，我像是走出陰暗地獄的舒暢，雖然仍是在醫院裡，至少透過玻璃窗可看到晴朗的天空，想像窗外綠色樹梢輕盈起舞搧出的清涼微風是多麼的舒心。」她淚眶豁亮了無限生機的寄許。

在病房，丁佩佩、丁媽、護士長略述了許多治療中病人意料中和意料外的反應，原來骨髓移植，無論是捐髓人或受髓者，都不是一件簡單輕易的過程。自去年十一月佩佩住院到我們探望她時是六個月，可說是心靈與軀體倍受煎熬的一過程，一切的忍受是活的追求，是蒼天賜予的一線生機。「骨髓」移植，是昌明醫學界再造生命的發明。

有了新生命的丁佩佩，她好想回馬尼拉闈區中的老家，家雖小，卻是可愛溫暖的窩。希望她早日康復，盡早回岷延續曾經失落的一段青春少女期的歡樂日子。

我們三位慈濟人，滿懷溫心的向丁家母女道別，趕赴參觀浙江省歷史博物館和南京未官窯博物館。

向僑社善心人士致感恩

丁佩佩能夠骨髓移植，是她生命力強，有福報，有胞妹的骨髓可配對，當然，功在僑社善心人士、慈善機構、宗教團體的愛心扶持，慷慨解囊，使病人與其家人無後顧之憂，安心地赴華接受治療。

菲華社會給丁佩佩的無窮溫暖與信念，這溫柔有助於她堅定生存的勇氣與寄望。希望「髓緣」這齣眾生緣的生命故事，能推廣捐髓的風氣，以造福更多的血癌患者。「善用生命來做好事，就是最美的生命。」

二〇〇二年八月——丁佩佩近況

自上海回來，無時不掛念佩佩的安危，多希望她能痊癒康復回家。在盼望中乍然聽說她已回家的消息，我與幼琴師姐不敢怠慢地按地址去尋覓，終於在細雨落打的一條巷弄找到「佩佩溫暖的窩」。冒昧的造訪，丁家四姐妹與丁媽正聚集客廳閒聊。花樣年華的四姐妹美麗清秀，秀慧中給人一種憐惜的感嘆。她們的父親早於一九九九年得了癌症逝世，現在一家五口只靠大姐工作過著清寒的日子。經濟及疾病的壓力，使溫暖的窩陷入無邊的黑暗裡。

耗聞佩佩的血小板無法正常運作，這表示骨髓移植失敗。這消息帶給多少努力拯救她的人士一個錐心之痛，一個長長不捨的嘆息。

丁佩佩住院將近一年，慈悲大夫已盡其所能拯救，醫院甚至不再追索尚欠的醫藥費。可觀的醫藥費是菲華善心人士愛心捐獻的，如今醫藥費耗盡，卻沒救好病患，久挨病痛的丁佩佩又想家心切，無奈的丁媽媽唯有帶女兒回家養病觀望。據浙江醫生說，再來一次骨髓移植，可能救得了佩佩。我探問捐髓的丁真真，願不願意再受一次苦救姐姐，她爽快地說：

「當然要！」骨髓種植的治療折騰過程是難挨的，願捐願受的姐妹情深多令人感動。可是社會善心人士肯出錢的都已盡力，再募一筆龐大的醫藥費是我們不敢奢望的。

九月間，我與莊幼琴師姐隨慈濟菲分會與三十幾位的醫師參加在花蓮舉行的二〇〇二年國際慈濟人醫會年會。參加年會的有十三個國家，數百位不同宗教、不同種族、不同科系的醫師歡聚一堂，大家並不受語言障礙的影響而淡漠，大家隨緣，合心、和氣，愛是共通語言的媒介，憑著慈濟的理念樂融融地遵守大會程序邁步。

莊幼琴師姐希望再盡一份心力，幫助受苦的丁家離苦。她把丁佩佩在浙江醫院治療全部過程的紀錄影印交給了花蓮慈濟綜合醫院林俊龍院長，林院長答應將研究病況再作決定，她又在一個與證嚴上人座談的機會裡，上前叩拜上人，稟告丁佩佩病況，請上人幫助丁佩佩來慈濟醫院再作骨髓移植手術。慈濟人充滿愛心，一心想救活丁佩佩而操心而奔波。但願丁佩佩福大，能在人為與天意下再造生命。

丁佩佩在家養病，必需注射一種PLT血液，血液要到紅十字會血庫購買，通常血液是由賣血的貧窮菲人供應，買一次血要一萬元。希望僑社善心人士再次慷慨解囊，盡我們所能拯救垂危的不幸人。阿彌陀佛，感恩！

丁佩佩懷愛往生——廿年華即畫下生命的休止符

一聲「救救丁佩佩」的呼籲傳播報端，僑社似被拋了一顆巨石盪起漣漪，善心人士再次踴躍地解囊響應，大家不忍見一個年輕璀璨的生命，就此畫下句點。從這點可看出當今經濟不景氣的僑社，還是執持著慈悲之心，隨時候備著拯貧、解危、救急的義舉。

幾天的呼籲即募捐到為數不少的款項，就是這筆善款來買血搶救丁佩佩能多活一天，能延續生命，在捐募的熱潮中，丁佩佩病情突然惡化，她辛苦地在死亡邊緣中掙扎，哀哉！她沒等到第二次的骨髓移植就往生了。（二〇〇二年十月廿五日正午十二時零三分）是的，她終於安祥地永離了她「溫暖的窩」，沒留什麼，留下的是她母親和姐妹們一個永不磨滅的記憶——她童年的俏皮、少女的活潑、還有她與病魔抗爭的毅力與堅定。

丁佩佩往生，相信是體會到天地有情，人間有愛，少女的她與慈濟人、菲中了解協會、促進聯誼會和僑社人士全然無關係的人，竟能得到那麼多的關懷與呵護，大家為拯救她的生命付出精神、時間、與金錢地呵護著她，從她病痛時到往生並不寂寞，不像一般貧病者孤寂地凋零，多少愛心圍繞著她，為她祈禱。可惜！人為無法戰勝天意，她終於結束了二十年華的人生旅程。她的逝世，帶給努力拯救她的人士一個長長不捨的惋惜。

＊　＊　＊

丁佩佩逝世的幾天內，乃有熱心的社會人士繼續捐款，這種慷慨解囊，關懷心胸，多溫馨，多令人感動。願神靈保佑有愛心的善人。

募捐總額扣除醫療與後事費用剩餘的錢，徵得多數捐款人的意見，願把尚餘的善款捐獻給喪家。丁媽媽聽到大家對她們的關心，眼淚游眶，激動地說不出滿腹的感激。翌日，她決定，為感謝和報答僑社善心人士對她們丁家的支持與關懷，她願在款項中，撥出十萬以丁佩佩的名譽捐給慈善機構，剩餘的錢，她感恩地納收了，她說：「以我們現時的家境，是很需要這筆錢來做點小生意，若有賺錢，她定回饋社會，做些慈善工作。」

二〇〇二・九

義診嘉惠瑪麗教會學生

二〇〇六年七月十五日晚上七時，舉辦健康座談，邀請菲律賓眼科權威史美勝醫師作專題演講。

史醫生以「認識常見的眼睛疾病」為主題，分享如何保護靈魂之窗。

當晚，聽眾對精彩的講題有了很好的迴響，大家踴躍發問的同時，也獲得史醫生仔細的答覆和指導。

翌日，七月十六日，志工們昨晚聆聽講座充電後，經一夜的小憩，精神奕奕地在天未亮就聚集志業園區，出發至甲美地（Silang Cavite）的瑪麗教會學校（Sister of Mary Girls Town & Boys Town）。

慈濟志業園區曾是瑪麗教會學校所有，該天主教學校因有經濟的困難，於是把五公頃大的學校割捨與慈濟，因為同是宗教的慈善機構，雙方都樂於喜捨和擁有福田的興奮。

以往，來參加慈濟義診都是一些衣衫襤褸的貧民，但今天別開生面，對象是衣冠整齊、斯斯文文的中學生，年輕活潑的學生有的是健康的身體，所以校方的修女只要求做眼科和牙科治療。

車子駛入校園，映入眼簾的龐大校園，建築物和規格與岷市的慈濟園區一模一樣，不一樣的是它比較大，花草樹木青翠茂盛，目光所及是一片綠意盎然花卉茂盛的校區。據說這裡地皮有十二公頃，共有六千位左右學生。

每一位學生一個月消費平均二千菲幣，修女透露一個月要二千萬的開支，龐大的經費是國際慈善機構供應；為了不浪費資源，要就讀該校的學生，得經過嚴格的考試及格才接收。

學生的衣食住行都免費，一年中於元月放假兩個星期給學生回家，每年的九月三日開放給家長探望孩子。

學生全然與外界隔離，課餘時，學校有安排許多課外職業訓練或各種運動可打發時間。這些學生多有福氣，能夠在這麼好的環境成長，有修女在啟蒙的年齡中做導航。相信他們中學畢業後，踏出校園，會是個循規蹈矩、品學兼優的好學生。

今天是星期天，學生難得偷一日閒，都逗留在宿舍，寬敞的校園格外清靜。展開義診前，四百位看診的學生蹲坐在大廣場的一隅，聆聽李偉嵩師兄介紹慈濟宗旨和上人理念。天真無邪的學生昂首張眼地聆聽，或許是第一次聽到「慈濟」兩個字，大家都好奇地凝神聆聽。

十九位醫師到齊後開始診治，學生在志工帶領下，很有秩序地走到候診室等候，再由師兄師姐帶動唱或講故事，分享慈濟歷年來在慈善、醫療、教育、人文上的成績。

因拔牙比補牙或洗牙速度快，害得等候拔牙的學生都緊張兮兮，坐立不安，當輪到時，有的在胸前劃十字架，或是拍打胸襟才邁開腳步，緩緩地坐上椅子，張大口讓醫師擺佈，拔牙完吭都不吭一聲地手扶著臉頰掉頭就走；有的剛坐上椅子，看到針筒又驚跳起來，說等一下再來；有的恐懼地縮坐在旁邊，等到自己心平氣和才上拔牙台。

眾多的學生讓醫師檢驗眼睛，不是近視就是遠視，他們沒有拔牙的恐懼感，輕輕鬆鬆地測驗眼睛的度數而已。當然這次的眼科檢驗，沒有老花眼和白內障的病患。慈濟訂做兩百副不同度數的眼鏡給學生，期待戴上眼鏡的學生，瞳孔會更明亮，更用功讀書，才不辜負父母和師長栽培的苦心。

吃過午飯，廣播催響著學生集合做彌撒。校園刹那間蠢蠢欲動，學生們從各校舍移步排好隊伍，很有規律地走進大體育館，三千多位的學生，一點不紊亂，一下子坐滿整個體育館。散會時，也同樣地敏捷疏散。看到那麼莊嚴，迅速進退的隊伍，使人聯想到花蓮慈濟，每當有盛會，來自世界各地上千人的聚合，也是同樣迅速寧靜地入座，這就是慈濟人平時對自己的約束與訓練，養成團隊生活應有的尊重與規律。

義診活動的尾聲，女學生們親自做了數張精緻的感恩卡，送給醫師與志工，甚至三五人組一團到醫療室致謝或以歌聲表達感恩。

義診能完滿成功，得感恩校方的配合，感恩修女們親自烘製麵包和蛋糕給志工們做早餐與點心，感恩十九位醫師撥冗前來施醫，感恩六十四位志工的參與，就是有那麼多的愛心人士合心協力的付出，圓滿完成第八十次的義診活動！

二〇〇六・七・二十

賑災克難行

含帶著悲喜交集的心情重踏米骨省亞眉村（Albay, Bicol）。天忌這塊福地似地屢次被天災蹂躪，每當它剛從災難中復興不久時，又要遭受另一個天災殃及。

憶起二〇〇〇年時跟隨志工們坐了十二小時的車程，才抵達黎牙實備市。當時心情多愉快，因為可見到心儀許久的馬容火山的同時，也是我生平第一次參加義診的醫療活動。

當年的長途跋涉，一路看到的盡是連綿不斷生氣蓬勃的椰子樹，蒼翠的椰葉樹梢輕盈搖曳，粒粒椰子高高掛，煥散著熱帶旖旎風光。

獨霸一方的馬容火山，擁有「最完美的圓錐體」美名，它是菲律賓二十二個活火山最危險的一座山，四百年來發生了五十次爆發，最近一次爆發是一九九三年，每次爆發都有大量的居民死於非命。

六年後的今天，重踏災區賑災。上人慈悲，惦念慈濟人的安危，慈示我們改陸路乘搭飛機前往。也感恩菲航公司陳永栽賢伉儷，特地加一班航次，並免費提供飛機票，賢伉儷也身著「藍天白雲」志工服，隨著九十幾位醫師與志工直飛災區落實救援工作。

有史以來看山都只是站在遠處眺望山的雄偉面貌，欣賞白雲懸浮半山腰的飄逸朦朧美。這次飛機特地挨近半山腰繞，清晰看到馬容火山斜坡上的一條條寬又深的壕溝，這可是火山溢出岩漿、熔石滾盪而下的紋路。俊秀的馬容火山，平常靜止地屹立供遊客欣賞它若隱若現的英姿，可，它若一發怒，竟有天崩地裂，摧毀萬物的凶狠暴戾。

美骨省的社里村莊，可說是多災多難。在強颱風「榴槤」尚未侵襲之前，正是馬容火山瀕臨大爆發，從火山口大量噴出二氧化碳、熔石、煙灰、泥石、沙土的跡象來確定，火山學研究中心宣佈火山處於四級警戒，政府下令迅速疏散成千上萬的住民，移居安全地帶。幸哉！上天憐憫，火山慈悲，收斂怒火爆力，社里村莊免遭覆沒。不幸，一波未了一波又起，四個月後，竟遭強颱風肆虐，堆積在火山斜坡上的大量火山灰、泥石被滂沱大雨沖滾下來，造成罕見高達二十英尺的土石流，把山腳下的數十個村落全掩埋了。由於突來，居民逃避不及，估計有一千多人喪生，數萬人無家可歸，建築物、水電及電訊亦多遭洪水泥石摧毀中斷，瘡痍的局面，確實是一場驚世的災難。

中午我前往安頓災民的十幾間教室，每間教室都是幾個家庭擠居一起，因為是午飯時間，家家各自圍爐用飯，無桌子可用的，就蹲坐地上吃。見他們都吃白飯佐罐頭沙丁魚、泡麵，不然就是鹹魚乾、茄子佐醬油或蝦子醬（Bagoong），看他們用手抓飯吃的髒相，我竟渾身汗毛豎立，可憐的災民，只求溫飽，衛生是次要。

天真無邪的小孩吵著要吃肉的有之、楞在一邊不吃飯的老人有之、哄著嬰孩不哭的媽媽有之、哽咽地抱著生病的孩子有之、無知的低能兒唸唸有詞的有之、學時髦的青少年，染頭髮，戴耳環閒逛的多的是、家破人亡哀傷孤獨者大有之，多少盼望、等待親人出現的尋覓眼眸，多少虔誠信徒祈求著奇蹟出現，多少的哀怨、哭泣、無奈的哀嘆聲在污染的大氣層中吶喊……寫不完的眾生相，筆者心有戚戚焉！

連續三天的醫療和發放，九十多位醫師和志工兵分二隊進行，一在尼達彥小學設臨時醫療站施醫施藥，二深入重災區物質發放，除此還購買三十輛盛泥沙的小推車和三百支鐵鏟，在達巴格市的一街道進行清掃、消毒等工作。市民因沒有剷除泥土瓦礫的工具，只能坐著觀天等待支援。慈濟人與市民攜手清理厚厚的泥沙，在大太陽高照下剷呀剷，無疑是在帶動市民振作清掃門前泥，一手動時千手動，相信在千萬手的合作下，由點成線再廣為面，希望早日恢復門庭的青蔥面貌。當慈濟人把鐵剷移交給市長，剎那掌聲吆喝聲如雷，純樸的市民臉上露出了笑容，似乎從黑暗中見到一絲曙光地興奮，但願他們積極動剷清理工作，再有多高的山丘也會被毅力剷平。

椰子與亞描加（Abaca）是美骨省最主要的農產品，六十三公頃的椰子園如今一片荒漠，不過椰葉雖枯萎，卻依然傲然挺立，根深蒂固的它是八風吹不動的，菲律賓土壤肥沃，生命力強，只待時日還它豐腴青翠的一面。

電力公司的電線桿幾乎全軍覆沒，東倒西歪，電線縱橫交叉，一片狼藉，構成電能切斷，使整個社市陷入無電的黑暗中，這該是電力公司的疏忽，安裝電桿時插入水泥地不夠深牢的因素。像義診的配藥處，設在學校的露天講台，講台上的鋅蓋早已被風刮掉，志工只好用兩大塊的塑膠皮覆蓋在骨幹上，簡陋的帳篷勉強可遮風蔽雨防日曬。而最令人驚心的是行人道上的一支木電桿被颱風拔起，衝進講台橫吊在半空中成一字形，它的不掉落是被無數的電線架綑緊拉著不能動彈，倘若電線鬆懈，那在配藥崗位上的十幾位師姐的生命就不堪設想。好在，菩薩保佑，到義診結束收攤，它仍然不動地懸吊著。

賑災隊啟程之前，必舉行行前叮嚀，囑託要事，分配隊伍與工作。蔡昇航師兄再三叮囑，這次是克難行。真的，到了災區現場，才體會到「克難」的滋味。該地停電，許多旅館不營業，而救災探親的人特多，旅館不夠分配。我們九十多人被分配到三家旅館，一家私人住宅安單。旅館是用發電機供電，供電有時限，睡眠好者，疲憊所致，一躺上床即見周公；也有換床鋪輾轉難眠；有人打呼如雷、或如同音樂交響曲起伏，影響同房人無法入眠；半夜關電熱醒後難再入眠；更克難的是配到沒電的私人住宅，整夜搧扇子，搧悶熱，搧蚊子，翌日醒來，手臂、面頰起疙瘩紅點斑斑。

載救濟品的大卡車在崎嶇的石頭路上顛簸地前進，突然前輪陷入窟窿，忙了幾個小時才拖拉起來，直接誤了發放的時間，山路被阻塞不能通車，師兄師姐得下車走泥濘石灰路到災區。像外科手術室設在一間教室，教室甭說有空調設備，天花板只吊兩支小日光燈，幸有窗外的陽光普照，醫師汗流浹背地在昏暗不明中動刀；小兒科、內科的醫師在搭起的帳篷看診。災難造成許多傷害，傳染病、霍亂蔓延，逃難中多人割傷、刺傷、壓傷，數千病患迢迢來求診，醫師再苦再累也無怨悔地堅持到最後一位，兩天的施醫施藥，受惠三千苦難人，感恩大醫王，義不容辭地投入克難菩薩行列中。還有最克難的是上一號要緊悶呼吸，快快進出。賑災中的衣食住行的克難，是「濟貧教富」中的機會教育。

菲律賓一年中有二十個颱風掠境。有二十二個活火山時時在醞釀中，又有茂密山林被濫伐成禿山，也沒有良好的下水道設備，因此一有天災襲擊，必引發山崩水漲的氾濫局面，所以再多的救災團體的賑災也只是暫時解燃眉之急而已，徹底的救苦救難得靠政府全盤計劃處理，解救處在水深火熱的國民。

人生無常，一夜風雨，什麼都沒了，房子沒了，田地沒了，人也沒了。這是一位風餐露宿的苦難人哀傷的話。側隱之心人皆有之，站在這受傷的土地上，慈濟人抱定盡一分力，多解除一分痛苦，這瘡痍的山河大地，有待時日重建。上人有意幫助這群窮苦災民，建造大愛村，但需要從長計議，有願就有力，希望「大愛村」能早日屹立菲律賓。

慈濟在聖誕節之前，把一架大型的淨水機，從奎松省里爾社遷移運送到沓拉牙災區市政府對面的廣場安置，廿三日移交給市省長啟用。淨水機也是抽水機，抽出的水經過淨水器過濾後流出來的是乾淨的水，一個月無電、缺水的克難日子，慈濟的淨水機確實是應急的聖誕禮物。

二〇〇七．一．十二

重踏受傷的土地

記得二〇〇四年的十二月，亞眉省蠢蠢欲動的馬容火山瀕臨大爆發的危機，政府宣佈處於四級警戒，熱紅的火山口不停溢出大量的熔石和沙泥，好在火山留情，沒有引爆，但禍不單行，卻接二連三橫來強烈的颱風肆虐，把淤積在山腰上的泥灰岩石全傾瀉沖滾，掩埋了山腳下週遭的村里市鎮，巨風重創斷電斷水，房舍被泥流沖毀，千人罹難，數萬人無家可歸，樸實的村民陷於家破人亡的悲慟中。當時，菲律賓慈濟在最快的時間趕臨災地展開大規模的義診和發放，物質的供應和醫療設施著實是燃眉之急，除此，陪伴膚慰是心靈上的滋潤，給災民舒緩情緒，體會人間尚有溫情。記得，那三天義診完畢要回程，災民依捨感恩地揮別，我們感動地許下「再回來」的承諾。

慈濟永遠是走在先，做到後的支隊。二〇〇五年三月一日至四日，慈濟實踐諾言，再次返回亞眉省的淡描戈市舉辦第九十次的大型義診。似乎，亞眉俊秀的馬容山與慈濟結下了不了緣。

一路走來，無論空中飛地上行，映入眼簾依舊狼藉不堪，通到淡描戈市的公路仍堆積著土石流餘物，髒亂的畫面令人為之惋惜。值得高興的是，去年被颱風摧毀的椰林，如今已長出了新芽，瀉下的厚黑土壤也綠茸茸一片，常說菲律賓土壤肥沃，眼前的綠意就是鐵證，唯一等待的是政府與村民的協力清理整頓，還它昔日的勃勃景象。

慈濟百位志工與醫護人員於早上十點抵達培青中學，即刻進入大禮堂與坐的滿滿一堂的病人相見歡。培青中學已有八十七年的校史，在當地華人稀少的市鎮傳承中華文化，確實功不可沒。培青中學撥出校園當義診場地，同時委派中英老師和學生當志工，他們穿上慈濟背心喜悅地穿梭在校園每個角落。之外，亞眉省也有六十三位志工醫生和從台灣慈濟來的四位醫生參與。二百多位志工加上千人病患與家屬的足履，使一向肅靜莊嚴的學府熱鬧滾滾。此次義診能順利舉行，應歸功於淡描戈省菲華商會、培青中學董事會、校友會、教職員、志願防火會、海萍健身社、菲華天主教會等大力的支持，有他們的愛心協助，使義診平順展開。

三天的義診，每天清晨就有數千人在校園門口排隊求診，看擁擠的男女老少，攜子抱孫求醫心切地忍受變換無常的氣候。俗語：「為五斗米折腰」，而他們卻是為藥劑折腰。在生活捉襟見肘的情況下，他們只能忍受不求醫，使疾病沈疴，慈濟義診是廣大貧病者的希望，他們再苦再累也要抓住機會治癒病痛。

外科醫生從早到晚站在手術台邊俯首、彎腰、眼瞪傷口，手操手術刀，這種姿勢站久了會腰瘓脖痛腳麻；內科、小兒科、眼科、牙科等醫師，整日坐著面對哀痛的病患操作聽筒，相信他們的情緒也會跟著輕重的病情而起落，慈濟醫師敬業的精神是出於有顆愛心，拔苦予樂是醫師的職責。

配藥組的師姐們，病人多到使藥方堆積無法發給，圍繞等待取藥的病人露出不耐煩的眼神，師姐們忙中不亂，再調動人手應付，慈濟人的可愛，就是隨時配合。

更感恩的是香積菩薩，日夜不停地操作，調理三餐供四、五百人溫飽是有多辛苦，單就切、煮、炒、洗就忙到「頭無梳，臉無洗」，站在熱呼呼的大鍋大爐前揮動廚房干戈，若手腕力量不夠，炒三下就得投降，佩服香積菩薩都能如時擺出五道色香味齊全的素食自助餐。

學校大禮堂，就是病人候診處，蔡昇航師兄在此「愛灑人間」，他精通英菲語，又對慈濟歷史與上人的理念倒數如流，賢者多勞，苦了他當三天的司儀，講到嘹亮的噪音成沙啞，可貴的是，不倒翁的他永遠笑嘻嘻地「做就對了」。

人文真善美的黃解放、黃亮亮、黃紅紅三位嬌小玲瓏的姐妹花，是菲慈濟不可多得的人才，擔挑攝影、撰稿、打電腦的繁重任務，她們的攜手合作，才能把義診訊息及時於「大愛台」播放。

三天的義診，見多貧病交加者的愁臉；扶老育幼辛苦持家的瘦弱婦女；為生活奔波致病的一家之主；營養不良的孩群中枯瘦乾癟；平常看不到的兔唇、甲狀腺腫瘤、疝氣（墜腸）、白內障的銀髮族，奇難雜症的病人都出現眼前，面對這些苦命人，無異是平添許多愁，從中感受到我是多有福報的人。上人千叮萬囑：「知禍、惜福、再造福」，但願更多知福者能手心向下再造福。

太多扣人心弦的病歷在心頭，在此例舉一、二與大家分享：

有一位六十二歲又黑又瘦的老阿嬤，兩眼凹陷，皮膚粗糙如樹皮，她抱著枯瘦如柴枝的孫女兒來看病，小孩瘦小的臉龐，兩眼特為圓大，她莫名的對圍繞她的人瞪視。

老阿嬤說：她先生眼盲在家，兒子犯罪被關進大牢，媳婦在馬尼拉紅燈區的酒巴（Beer House）做工，不定時寄家費，她扶養五個孫子，平常替人洗衣服或到街頭行乞養活一家七口。據說她五個孫子都一樣乾癟，這是家貧問題，醫師也只能多開些維他命給她們進補。

中午，我們給了一碟的飯菜，見她們津津有味的吞噬，肚子也跟著咕嚕咕嚕地作響。阿嬤說：這是她幾年來吃到最好的菜。她臨走之前，香積師姐包了些飯菜給她帶回家，她一手抱孫，一手拎著鼓鼓的膠袋，蹣跚的背影消失在大門外。

Jubeth Mendoza，三十歲，脖子長了甲狀腺腫瘤，因沒錢看醫生，只能忍受著腫瘤一天天的膨大。五年來她日夜求神明給予機會摘除瘤塊，她終於盼望成真，給慈濟醫師割除脖子上的腫瘤，麻醉藥退後，她甦醒後說：「我脖子好輕鬆，以後我可以不再羞於見人，感謝慈濟」，說著她撫摸著上了膠布的脖子，再擦抹臉上的淚水，她高興地笑了。據說，他先生是位屠夫，我勸說：「若有可能，換個工作，不要以屠殺生命來養活自己。」

有一位廿幾歲的小婦女，她肚子隆起猶似孕婦，經過婦產科醫生診斷後，醫生建議到馬尼拉的醫院做化驗開刀手術，可是病婦說，馬尼拉沒有親戚可投靠，慈悲的陳慧星醫師不作二想地脫口：「不要緊，妳就住我家裡。」如今仁心仁術的醫生少之又少，她就是上人要的「良醫」。

沒肛門多苦喲，這次的義診收到二位天生沒肛門的小孩，日常就在肚腹上的洞口排泄廢物。李偉嵩師兄面對楚楚哀求的母親，他同情地接下個案，這是個大手術，得送至岷市的醫院開刀，希望在英明的醫生手下給孩子一個正常的排泄系統。

病人的笑容是最美的笑容，溫暖了每一位慈濟人。

沒有參加慈濟，就無法看到世間的眾生像。整天醉生夢死的享受，虛渡了前半生的精華歲月，雖說是命好，卻是枉費人生在世的意義。如今我走入慈濟門，緊跟上人的腳步學習行善濟苦，補回以往消耗掉的福分，企盼日後在慈濟宗門的教理下能福慧雙收。

三月三日晚間，在大禮堂舉行了「新春祝福暨感恩晚會」，晚會氣氛祥和，大家恭敬地收了上人的福慧紅包，心燈熤熤，祈禱歌聲繞樑，散會贈送一人一撲滿，滿滿的心靈享受，如暖陽、如清泉、如和風。等待著不遠的將來，慈濟亞眉省聯絡站能落成，厲行上人救苦救難的志願。

後記

文中曾提過陳慧星醫生給一位病人許下免費開刀和住宿之承諾。一個星期後，菲女在她先生的倍伴下真的抵岷進崇仁醫院開刀，取出大量油質含有毛茸茸的液態物出來。她開刀前後的日子是住在醫生的家，手術房一切費用由慈濟擔負。菲女能得愛心醫生相助，該是前生修來的福報吧！現今功利社會，有愛心的良醫是少之又少。慈濟每次的義診，陳慧星醫生從不缺席，也從不早退。她深受上人博大愛心，為佛教為眾生所感動，她加入義診行列，體解人間疾苦，見苦知福啟發她願為貧病者付出一點綿力。

二〇〇七・四・四

伸出一臂之力
——東方大道醫院燒傷手術室落成

八月天，颱風頻繁，霪雨暴風，水漲地污，人悶心焦，好不容易天放晴，陰霾的心情悅然隨風飄散，我笑開顏臉，換上慈濟藍旗袍，梳理慈濟頭，塗脂抹粉，鏡子裡映現著我一個裝扮後的慈濟委員端淑形象，手攜藍包包，腳穿藍布鞋，一身藍地喜悅上車直奔東方大道醫院（East Ave. Medical Hospital）。

今天是慈濟在東方大道醫院附設的燙傷手術室落成典禮的同時，移交予醫院施用。慈濟菲分會於一九九五年就與東方大道醫院合作，謹訂每週二、五兩天為慈濟施藥的關懷日。多年來在醫院投入利益眾生的善行，深受院方的肯定。而工作人員及病人眼中視「藍天白雲」為天使是希望，甚至常被人誤為是醫護人員，像朱佩美和薛秀容兩位師姐常有人稱之Doctora。她倆多年來和醫生相處砌磋，與病人噓寒問暖，耳濡目染，從中學到許多醫學和葯劑的知識，憑著一顆愛心和信心妥善地處理每一條個案，我曾向朱佩美師姐開玩笑說：（你怎麼都把病人視為親人般地照顧，你不厭煩嗎）？可愛的師姐笑笑說：「我能多付一分誠摯關懷，就多結下一分好緣，我是做來囤積的」。她的善心確實是上人的好弟子。

慈濟師兄師姐，多年在醫院服務，親身体受貧病者的病痛貧困的心境。醫院沒有燒傷手術室設備，於是許多被火或電燒灼的病人，往往得等醫院的手術室空出來，才能進行治療，因此很多病人錯過第一時間的急救，使皮肉發炎潰爛，嚴重的影響神經脈膊系統而殘廢或往生。慈濟人每每聽到哀痛啼嚎聲，只能眼睜睜地望著痛楚的病人傷心，慈濟人洞見一幕幕的病例，決定替醫院設立一間齊全的燒傷手術室，經過證嚴上人的許可，開始籌備工作，尋購燒傷儀器，募款，後由心臟醫生Dr. Amores介紹，在美國找到一部整体的二手醫療器材，再經過柯賢智醫生仔細的撿查儀器的性能和價格才買下，整個過程，從器材海運過來，裝修、安置、手術房的清理油漆，加上許許多多芝麻小事，整整奔波了一年餘才有今天二〇〇七年八月二十四日的落成典禮。勞苦功高的薛秀容、朱佩美，柯賢智等師兄師姐，勞心勞力的行儀風範，是替上人實踐「為佛教為眾生」。更感恩多位師兄師姐慷慨解囊，付出無所求，才有燒傷手術室的聳立，日後手術室將發揮搶救生命，守護生命的功能。

手術室落成儀式於早上九時半開始，剪彩後揭開掛在手術室門牆外的布幔，一個金色鋼牌銘刻著：「東方大道醫院和佛教慈濟慈善事業基金會制定。提供燒傷病患最好治療設備。由衛生部長Dr. Francisco Duque開創。下款：醫院院長Dr. Roland Cortez、慈濟基金會證嚴上人。」節目開始由燒傷室部館長Dr. Hector Santos和院長Dr. Roland Cortez先後致詞，接著由慈濟執行長蔡萬擂表示：希望這些机器能夠發揮良能，拯救更多患者的生命。最後 由慈濟手語隊表演一首「感恩、尊重、愛」，表演之前先由師姐葉寶治以英語介紹歌詞內容，動聽悅耳的曲子配合柔美的手語，博得在場的菲律賓兄弟目不轉睛地欣賞這別開生面的表演，表演畢，觀眾們掌聲不停，讚語綿綿，大家訝異的交頭接耳說：「那有這麼柔和整齊美的手語」。手語是美與柔的展現，是人際溝通的橋樑。感恩手語隊用心地把慈濟人文呈現給異國兄弟欣賞，讓他們了解慈濟除了慈善、醫療外，還有教育、人文的心靈啟發。

落成、移交儀式告一段落，師姐們準備了簡單的素食茶點供應，整個會場散佈著慈濟道場的濃濃氣氛，慈濟人與醫院的醫護人在和睦氣氛中相互交流。

相信燒傷手術室的啟用，將會幫助更多的生命得以離苦。幫助別人，也就是幫助自己，病人得到痊癒，自己得到快樂與充實。

二〇〇七．九．七

洪水泥流・慈濟情

——馬利僅那災區以工代賑記實

二〇〇九年九月二十六日，中部及北呂宋受到「溫蒂」（Ondoy）、「比炳」（Pepeng）雙颱的襲擊，造成菲國四十年來最嚴重的災害。豪雨傾盆，觸發洪水氾濫和山體滑波，暴雨不停地下，逼得水庫不得不泄洪，使大地變成一片汪洋，低窪處水漲到二樓，導致成千累萬人陷入水鄉澤國的困境裏。

豪雨引發土石流，山泥奔流平地水漲，淹沒美麗家園，條條行車道、橫街、巷弄、房屋全被泥濘和垃圾淹沒阻塞，市民流離失所，幾千人瑟縮於收容所，過著無電無水靠濟品渡日。被洪災侵襲最嚴重之一的馬利謹那市（Marikina），污水消退後，屋非屋路非路，狼藉不堪的慘狀，實令人悲惻淚涔。

證嚴上人知悉災情，即時委派志工總督導黃思賢師兄帶著大愛電視台的三合一（筆耕、攝影、錄像）和幾位師兄蒞岷勘災，他們一下飛機即刻乘坐陳永裁師兄的直升機飛到重災區勘災，回台後向上人稟告慘不忍睹的災情。

台灣經歷賑濟印尼亞齊海嘯、大陸川震、九二一大地震和今年八八颱風的浩劫侵襲，從中累積了許多賑災救難經驗。上人認為重災必然會有許多慈善機構、社會團體、愛心人士齊來賑濟安撫。所以，上人轉換賑災方向著重於災民災後的生活問題、生計問題。住房和衛生等嚴重的社會問題必須緊急計劃、有步驟、有組織和及時地、迅速地進行這些工作，要不然腐爛發臭的垃圾將是細菌的溫床，瘟疫傳染一擴散，波及的範圍是難以設想的。雖然，嚴重的異常災難，救濟工作是政府的職責，我們慈濟只是給予協助，而協助不是菲律賓慈濟數百位志工所能擔當的起的，於是，上人特派宗教處主任謝景貴師兄帶領七位精英師兄姐跨海馳援，用「以功代賑」的方式在重災區展開復原工作。

感恩台灣慈濟總會撥出巨款，巨款一部份用在救災清理垃圾的大小型機器上，或買、或租、或借的方式請來了數十輛的大卡車（Dump Truck）、推土機（Bulldozer）和大小山貓（Payloader）日以繼夜地推、鏟、運；購買近三千雙的「水鞋」給以工代賑者穿、鐵鏟、手推推土車、掃帚、簸箕、口罩、蒸餾水……；另一部份給付工人一天四百披索的代賑金。

以工代賑動員了災區八千多位的居民，分散在馬利謹那市的三個區域：囊卡里（Nangka）馬蘭代（Malantay）杜瑪那（Tumana）清掃。清除汙垢髒臭的工作需要多方面人力的掌理與配合，這就是慈濟人合心、協力實踐上人的意志以無私大愛行菩薩道。慈濟志工分為十組，以身作則帶領以工代賑的居民分路走進巷弄清掃，家家戶戶的垃圾不停地往外丟，使得路上總是有清不完的垃圾山，雖然如此，大家有志一同，靠著鐵鏟、水桶、破鍋爛鑊，反正能裝盛泥土的工具全拿來扛抬拖拉，終於雲開見日，垃圾日日減量，終就把路開通了。的確，在志工的堅持下帶領幾千以工代賑的居民清掃，使得二十天後的這裡，有了不同的面貌，讓看似不可能的愚公移汙泥任務即達成。

清理淤泥需要糧食來滋生動力，香積組在慈櫻師姐的帶領下，天天在臨時搭蓋的帳蓬裏克難地煮泡香積飯給數千人溫飽；午飯鐘點一到，數千工人一身泥巴手拿環保碗紛紛地排隊輪流盛飯，浩翰的場面著實多令人感動，他們或站或蹲地在泥濘地用飯，熱呼呼香噴噴的香積飯調味著慈濟人的愛心和以工代賑者辛苦的汗水，蒸散在藍藍的天空。

大雨瘋狂地下後，留下遍體鱗傷的大地，房屋倒塌、生意停頓、殞傷眾多生命、受傷挨餓的居民更是不少。慈濟人醫會在召集人史美勝醫師的帶領下舉辦了兩場義診，也設立醫療站，以工代賑人整天行走在厚厚的泥沼裏工作，難免會刺傷、割傷、撞傷，輕者由值班的醫師治療，重者送往醫院，傷風感冒引起咳嗽、流鼻涕、發燒的病人最多，醫護人員都一一發給藥品。感恩醫師史美勝，發揮良醫懸壺濟世精神，實踐慈濟醫療志業的使命「守護生命、守護健康、守護愛」。

更有師姐們走入又滑又深的泥濘巷，挨家挨戶地敲門詢問，看有沒有需要幫忙的，尤其是獨居老人和人丁較少的家庭，這份協助，不但來得及時也讓居民們倍感溫馨。除此，上人慈悲還要我們去調查按災民家人的多寡和損傷的程度來分發慰問金。有位中年婦女收到慰問金高興地滴下淚，因為她正愁著沒錢買鋅板更換被土石流、洪水壓壞的屋頂；另位災民在洪水中喪失愛妻，是因為路不通又沒錢看醫，就這樣眼睜睜地看著髮妻嚥下最後一口氣，當我把慰問金拿給他時，男子漢淚滴手抖地接下信封，他言謝後低頭呆望著棺木裏的遺體流淚，我也心感抱歉，慈濟未能在颱風天及時營救傷民。

災民云云：「慈濟幫了很多人，是慈濟第一個把我們從災難中救起來的；有人很會說話或作秀，離開後就忘掉承諾，唯有慈濟走在前做到後；我們是想盡方法離開，而你們卻拼了命擠進來；一場水災，使我們認識慈濟，這個佛教團體是唯一真正付出而無所求的；在慈濟的幫助下，現在我們已經漸漸的站起來，也可以投竹筒匯聚零錢，去幫助更多需要幫助的同胞……」。慈濟人在這二十一天裏來來回回的身影，不僅嵌入了災民心裏，進而帶動起在地有愛心而且願意付出的人，他們許下諾言，要加入慈濟，這一來上人要菲律賓慈濟做到「本土化」的期許即將落實。

兩個多星期的打掃工作已告一段落，對以工代賑者而言，一天四百披索的代賑金，賺得也不輕鬆。有一回，我從工人手中接來鐵鏟想試一下自己的能力，我奮發地往泥土一剷，當要剷起時竟用了九牛二虎的臂力才提起盛滿泥水的鐵鏟，我剷了兩三下就投降，把鐵鏟物歸原主，還不甘示弱地勉強直起腰身走出淤泥的斜坡。可見他們賺錢不易，看，又黑又臭的水溝縫，十餘人接力地把爛泥往外送：又硬又重的淤泥，非得站進水溝裡才有辦法挖，惡臭不說，如果有東西塞住排水溝，也只能靠手挖垃圾了。感恩他們不嫌髒臭賣力的在做，要不然我們這些作壁上觀的人何時能做得了。

走在堆滿垃圾的街道巷弄裏，看到斷垣殘壁、家破人亡、孤兒寡婦露宿風餐、老弱病殘的眾生相莫不聲淚俱下。見苦知福，體會人間疾苦，才知道要疼惜身邊的人事物，才知道豐衣足食的我多有福報，感恩慈濟菩薩路，讓我看到地球村不同層面的人生，讓我能在驚世的災難中為災民盡一點綿力。

著手清掃的那一刻起，志工和災民整天與爛泥為伍，抱著還我家園的鬥志，在短短的二十天把三個領養的區域清理到還他原貌，可說比原來的更乾淨，因為捨不得丟的陳年舊物都成垃圾扔了。洪水污染家園，也還以清水清除，感恩華人志願消防員，在最後幾天以強有力的水龍頭沖洗灑掃泥濘地，還大地一片乾淨。

二十天的愛灑分享與以工代賑的鄉親同甘共苦，啟發了鄉民的善心與慧根。慈濟真的陪伴、善的愛灑、美的成果，感動了他們化悲憤為力量，千萬手的啟動，實現了愚公移山不可能的可能。整個清掃活動結束前，以工代賑者為表示謝意，有的贈送自己做的感謝狀；有的特別製作旗幟和海報，讚揚感激慈濟的救濟；有的用回收得來的相框加工添料當禮物贈送；有的把聖誕歌曲改詞成感恩歌樂融融地引吭高歌；有人拿到工資後隨手捐了流汗錢；也有把冰淇淋桶子改做撲滿重重地奉獻，物輕意重的禮物是表明當地人對慈濟的認同與感激。最感動的是他們自動自發地拿起鐵鏟到鄰區幫忙清掃，他們說：「我們兩袖清風，沒什麼可給，只有幫助清掃也受嚴重損壞的『杜瑪那』來回饋慈濟。」多厚重的禮物，這是上人所期盼的效果，清掃災地的同時也要洗滌內心的污穢。慈濟會讓這份清掃之情愛不斷，相信菩提種子已經在受毀的大地上開始萌芽。

離開之前，巧逢學生放學，一群揹著慈濟背包的學生嘰喳地蜂擁而出，他們可愛地向我們揮手。水災淹沒了他們的書包，慈濟及時贈送印有慈青標識的背包和文具。太陽照在學生藍背包上的菩提葉標識顯得特別青翠亮麗。水淹學府，整個校園成泥沼，學生停課十餘天，許多學生都自願參加以工代賑的行列，這也是一個感同身受的機會。但願一場天災，學生們能懂得珍惜同窗情誼，愛惜書包裏的每一件書本和文具，能體會求學對己對社會的重要。

休息才知道累，累倒方知工作不易，才體會付出無所求所得到的是憫心的快樂，這是菲慈濟一門不可多得的學問，學到重災臨頭的應對方針，相信我們的努力不愧對上人的期盼，一張及格的成績單應該可批下。

上人曾開示：「當今世界正是佛陀說的『壞劫』時期，山河大地真的生病了——人們過度的欲望、所求太多、不斷地消耗，讓地球不堪承載；大地之病，需要大家用真誠的愛去付出、尊重與愛惜。」

二〇〇九・十・三十

教育篇——心智成長

志工精研習營日誌

二〇〇三年七月十八日

慈濟人真有福報，氣象局報告這幾天有颱風來襲，沒想到今天竟然天清氣爽，雖偶有毛毛雨，卻是美好的一天。

六點，第一梯次的學員陸續到齊，七點，兩部旅遊大巴士從會所準時出發。一路上由各組隊輔介紹學員們，再由幾位師姐帶動手語「拉車向前行」，唱唱比比，歡喜地抵達大雅台的會場。學員們以最快的速度整隊齊走，而先到達的正副執行長及委員們早已在兩邊列隊歡迎。

慈濟人像是受過軍訓似的，守時，敏捷，八組學員共六十位神速地排好隊伍，組連組安靜地進入講堂，禪坐聽講。在蔡執行長致詞後，五位委員表演手語「人間菩薩行」，即開始今天的第一堂課，講師是由台灣來的陳金發師兄擔任，講題是「慈悲的腳印」和「佛心師志做慈濟」。陳師兄首先說明他進入慈濟的因緣，從一個嗜酒成性的生意人，變為一位精進的國際賑災慈誠，十年來看盡了災民和難民病痛之苦。他並以幻燈片敘述賑災腳步所到之處，在在都是讓人震撼的畫面，師兄口才一流，讓辛苦禪坐的學員們受益良多。

整個上午的智慧充電，不知覺已到午齋時刻，學員們紛紛站立伸個懶腰，不習慣禪坐的，雙腿確實會發麻，腰酸背痛的感覺，但是身為慈濟人務必要把禪座功夫修好才行。

大家手提環保袋，口唱佛號，依序排隊步向齋堂。八組學員按組別排站桌旁，待全部學員都就位，向佛祖三問訊，再吟唱「供養偈」，才開始享用豐富的五菜一湯營養素食，感恩香積組的「火頭軍」，感恩他們為學員們的溫飽忙碌。

飽食後重回講堂，先來幾段短劇，輕鬆一下，用詼諧的方式，導正慈濟人在行儀坐臥上的錯誤，演員們雖非專業，但因用心，演起來卻絲絲入扣，讓人易懂。接著，由台灣陳阿桃師姐，講述「身著柔和忍辱衣」的由來，她的婆婆，正是她的善知識，活菩薩，讓她改掉惡習，走入慈濟。在師姐柔和感人的聲調中，說明了願大志堅菩提現，不一會兒，又到點心時間及焦點留影。大家利用短暫的空擋，暢談交流，很輕鬆溫馨的一刻。點心後，先由邱定彬師兄，手語帶動〈當我們同在一起〉，因邱師兄，談笑風，手勢逗趣，引得學員們在學習中開懷不已。

再下來的一節課是由馬來西亞馬六甲分會暨新加坡分會的執行長劉濟雨師兄講解「委

員、慈誠的使命與責任」。劉師兄曾幾度來菲，他把人生過程與做慈濟應負的責任，與大家分享。他提到慈濟人要有使命感，要承先啟後，上求下化，要能承擔別人的重量，能夠信心、道心堅固，才可渡化他人。劉師兄是位成功的企業家，他於一九九三年皈依證嚴上人座下，二〇〇一年他一念心轉，結束事業，把廠房與地皮全部捐贈出來，擔任全職志工。之後，定彬師兄再次上台，這次來了點慈濟功夫，比得雖是手語，但卻有黃飛鴻的架式。

緊接著是台灣宗教室的邱國氣師兄擔任講師，藉著「濟貧教富上人心」的主題，闡述真正的「上人心」，他明白地道出上人對所有慈濟人的期許，且說明做慈濟事是修福，做慈濟人則是修慧，結好緣。眾生雖剛強難渡，但仍要以「信為道源功德母，長養一切諸善根」多多用心，且要將佛法受用而勿利用。再談到做大林人文的經驗談，有歡笑，也有悲哀，望大家「在單純中努力，在複雜中單純」，而單純是與人，與事，與世無爭。最後，以人生的無常做結尾，舉出最近這一年內慈濟人往生的實例，國氣師兄，不時語帶哽咽，連在場學員們也都鼻酸落淚，場面實在感人，他願大家慈悲心永不退。

濟雨師兄為他的新書「心靈四神湯」做了一個簡單的簽名會。然後大家分秒不空過地再到講堂，聽曾濟迎師兄主講「從一種子生百千萬」。他以他多年國際賑災的行醫經驗，與眾人分享，說上人法真是妙，用賑災的苦難相，把人的悲心徹底的啟發出來，拔苦與樂，並播放多張相片，解釋賑災的所在之處，均得到眾人的感恩迴向，以一心向善，福雖未至，但禍已遠離共勉。當提及陪伴其師姐人生的最後七十二日，他不自覺地流下眼淚，令在場的學員們全都為之感動，熱淚盈眶，在「牽手」歌聲中，大家體會到把握當下結好緣。

小組時間，以每兩組圍成一圈，由萬播師兄與眾講師們分別帶領，分享慈濟的點滴與他們的親身體驗，讓師兄師姐們得到法喜無限。

二〇〇三年七月十九日

清晨六點第一梯次的學員集合上早課，觀看上人的「人間菩提」，上人以三個主題分別開示：一、大地的園丁，二、心香妙法做中得，三、永遠的善緣。之後整隊往齋堂用早齋，大家感恩、快樂地享用清粥小菜。

抱著歡喜心回講堂，在經過感人的心得分享與分發美好回憶相片和結緣品後，到了溫馨的感恩時刻，由議淞師兄與英黎師姐主持，感恩營隊的幕後工作人員們，感恩香積組辛苦地準備三餐，更感恩學員們的參與，大家互相感恩，最後再以一首「拉車向前行」作為結束，大家引吭高歌，把這首輕鬆愉快的手語帶動曲，再三反覆的唱，因這是第一梯次學員們離開前的一刻，所以唱的特別有力氣，有感情，這真是值得珍惜的緣份。

第二梯次的三部旅遊巴士準時抵達大雅台，而第一梯次的學員們與工作人員們從大門一直排到食堂，從上往下望，似一條莊嚴的藍白長龍。這高低不平順山路開發的道路，花草樹木盛開，蝶鳥翩翩起舞。兩旁的師兄師姐反覆高唱「歡迎歌」，一百十幾位的新學員分成十一組，整齊地邁步前進，一張張笑嘻嘻的新臉孔，與上了慈濟面霜的師兄師姐們溶合在這令人溫馨的一刻。

新學員安單後，又快速地列隊到講堂門前拍小組照，進講堂之前尚要經過兩位身著印地安服慈誠的把關，他們手握長棍子威武地守著關口，每組得說出三句靜思語，才能順利闖關。對新學員來說，這突如其來的問題，難度很高，其實只是師兄師姐們與新隊員玩的一個小把戲罷了，以減少他們對慈濟嚴肅的錯覺，事實上能說不能說都一樣，均可過關進講堂修行，更何況還有隊輔與眾多在旁師兄師姐們的臨時傳授，大廳不時鼓聲隆隆，笑聲不斷，真是一個快樂的開始。

開營典禮正式開始，唱慈濟功德會會歌後，由蔡執行長萬擂師兄致歡迎詞和介紹幾位講師，嚴肅中安排了一部輕鬆的小小話劇。它由幾位師兄師姐們扮演，教導慈濟志工在穿著上、行為上的正確觀念。小話劇以趣味性來開導新學員，演員在熱烈鼓勵的掌聲中謝幕。接著是由議淞師兄講解「學佛行儀」，然後由師兄師姐們再次出場扮演凡夫信佛、求佛的錯誤觀念。

又到午齋時刻，餐後，意外地穿插了一個生日會。因今天是姚甘敏師姐的七十大壽，這次她在家人的反對下，不顧一切地參加精神研討會。可親的慈濟人知道今天是她的生日，而整個上午故意不聞不問，但卻早已暗中聯絡她家人來大雅台，給慈母甘敏過一個很別緻的生日。當生日快樂歌唱起，穿了紅衣服的家人進入食堂，紛紛在她臉龐上親吻，她在家人和慈濟人的祝福下，高興的說不出話來。生日在這麼非凡的情況下舉行，相信是甘敏師姐她這七十年來最難忘、最溫馨的生日。

休息了一會兒，又進行下午課的頭堂「妙語生蓮」。由英黎師姐帶動全體學員，以一道輕快的手語歌「拉車向前行」帶動，大家不但舒展了一身的筋骨，也幫助腸胃蠕動，增加活力。把牛車推上山坡上後，即開始志業巡禮，全部學員分成三隊，在隊輔的帶領下進行攻站活動，由蔡萬擂，李偉嵩師兄分別講慈善、醫療，洪真珠師姐講教育、文化。休息用點心時，聽到幾位學員叫苦連天，都說坐蒲團好辛苦，同時也有位新學員不舒服，頭暈發冷汗，血壓升到一八〇度，後由台灣曾濟迎師兄，用中醫方法按摩和針灸，加上營隊護士的照顧，情況轉為穩定。感恩師兄施展了十指神功。

下午四點到五點，由邱誠弘師兄講「當我們同在一起」，他首先以捏麻糬的運動歌，帶動大家活動筋骨，學員們都覺得他很風趣。接著說出他在十八歲時踏入慈濟的因緣，由不可能變成可能，邱師兄肢體語言豐富，學員們在得到智慧的同時不時笑聲連連。接下來由口若懸河的劉濟雨師兄講「讓生命展翅高飛」。劉師兄很了解緊密的課程，讓新學員有疲勞轟炸的感覺，於是他用講故事的方式，以嘹亮的嗓子，幽默地切入正題，聽講者笑哈哈地幾乎忘了腿麻之痛。

晚上的一場，由邱誠謹師兄以「合心為善」為講題，他講了許多親身的經驗，最後經由影片的播放，讓身在福中的我們感受到了貧困眾生的悲哀。上人慈悲，對印尼災民伸出援手，跨國為他們興建大愛屋，災民們非常滿足，因他們從此可過著有水有電的生活，不用再忍受漏雨無處安單的日子。有個災民看到眼前潔亮的屋子，不敢相信這是真的，因有慈濟的幫忙，他們今後才能過著像個人的生活。

星光夜語，是小組心得分享的時間，共分十一組，其中有三組男學員，是在戶外花園的星光下，做心靈的交流。相信這些新學員們大都是懷著懼怕與好奇心參與此次的營隊，希望我們能多發掘人才，渡化新血，加入我們慈濟這個大家庭，同行菩薩道。

二〇〇三年七月二十日

觀賞完「大體捐贈」心靈早宴後，大家拭下淚水帶著感動的心，移向食堂用早齋。

第一堂課由陳阿桃師姐講「人間菩薩行」，書讀的不多的師姐，自我揶揄她的名字俗氣的透頂。她很鄉土的說，女孩子出嫁後的命運是註定的，是好是壞都要勇於面對；她很福氣有一個通情達理的婆婆，助長了她走進慈濟佛門的因緣。她先被環保志工感動，然後在佛門中學習精進，不知不覺中，之前的一些不良習慣已離她而去，目前她是踩著蓮花步，過著美好的生活。

劉濟雨師兄以「心靈四神湯」為主題，用智慧型的輕鬆幽默來開講，從中穿插了「人間菩薩行」與「美」兩首歌，美出了學員們的微笑，大家像似喝了馥郁的咖啡，振振有神地繼續聽講……小捨小得，大捨大得……慈濟大愛種子，要撒在家裡，種在左鄰右舍，植入社會，耕入廣闊的土裡，讓它發芽開花。當問學員們下次有機會還要不要再來時，她們異口同聲的大聲說：「來」，如此肯定的悅耳聲，溫暖了在場慈濟人的心。

點心過後，曾濟迎師兄講「慈悲的腳印」。她因師姐剛往生，臉上不時隱約可見憂鬱的痕跡，每每提及，多情的他禁不住哽咽，感染在場的人陪同落淚，慈濟人就是這麼的有情。接著他以影帶，說明他和他師姐，如何的從一磚一木一枚小鐵釘，風雨無阻的工作，圓了美夢，如今靜思堂紮實地聳立在美國亞靈頓。繼續他用圖片解說他國際行醫的駐腳，且不時詢問呂副院長秀泉醫師的看法，呂醫師不忍眾生受苦，頻頻搖頭感嘆，真是心有戚戚焉。

午齋過後，大家把香積組的師兄師姐們，從廚房裡請出來排排站，接受大家的感恩，很意外的發現，原來我們人醫會的副領隊柯賢智醫師也在其中，他可真是放下身段，放下手術刀拿起鑊鏟當「伙長」。此時各組人馬使出渾身解數，像現法寶似的，或說、或唱、或比……搞得場面熱鬧溫馨，而工作人員更是腦筋急轉彎，在毫無準備下，臨時寄調「牽手」，唱出「因為愛著你的菜，因為夢著你的菜，所以請你再煮幾道菜，香積組我們愛你」。在一連串的感恩中，香積一些情感豐富的師姐，更是無法拴住她們的淚腺，眼淚嘩啦啦的直流。

休息後，再上最後一堂課，由蔡昇航師兄講「大地的園丁」，他是執行長的公子暨得意門生，坐能文（慈濟理念豐富，電腦操作一流），他明確地對學員們說出食素的好處，且鼓勵用環保資源回收來修行。

又到了美好回憶，看著銀幕上一張張捕捉的鏡頭，透過鼎臣師兄幽默超現實的解說，不時地猜猜看，逗的學員們笑顏逐開，大家沉醉在這兩日的歡樂時光裡。緊接著是學員們的心得分享，六位上台的都講的貼切，看來慈濟的種子已種植在他們的心中，讓慈濟人覺得再累都是值得的。

圓緣是營隊的尾聲，由蔡執行長萬擂師兄致詞後，頒發結業證明書與結緣品，大家均對手上的念珠，愛不釋手。接著將心燈點燃，祈求天下無災無難，歲歲年年。最後的感恩時刻由英黎師姐介紹講師們及全體工作人員上台，台下的感恩掌聲不斷。之後，大家一起合唱「一家人」，不一會兒，學員們也被帶動起來，當「拉車向前行」音樂奏出，台上的工作人員慢慢走到台下，快樂的手拉手圍成一個愛的大圈圈，學員們跟著又唱又跳，情緒到達最高點，大家手牽手心連心，一遍遍重覆著唱著，不願就此分手，在……再見再見……「我們有約」的歌聲中，一一不捨地擁抱話別。

敦化師兄的「真」、國氣師兄的「善」、阿桃師姐的「美」、定彬師兄的「放」，無形中都成為學員們心目中的偶像，大家拿著學員手冊，請他們簽名留念。最後在催促聲中，帶著美麗的回憶，坐上巴士回顧原點。

二〇〇三・九

營隊廚房一花絮

我闖進香積組的廚房有兩個目的：一要療飢，二要訪問。Phima活動場地的食堂廚房因要自用，所以香積組只能在廚房外樓梯的平台上，克難地搭蓋一個臨時廚房，而樓梯下的一片空地則做切洗、調料之用。

我一進廚房，很意外地看見林榮鋒師兄正在大鑊前煎炸素鴨肉，林師兄是位很隨和的「古意人」。我開他玩笑說：「師兄，你是機動組的，怎麼跑來煮菜，簡直是大材小用呀！」師兄回答說：「師姐你有所不知，我是看老菩薩們在這又小又滑的臨時廚房勞累地上下跑，一不小心滑倒，後果不堪設想，所以我自告奮勇地『跳下火坑』。」我說：「佩服，佩服，真是慈悲心腸的護花使者。」師兄：「哪裡，應該的，難得有機會嚐第一口。」

鐵鑊裡的菜油烈烈，油香薰薰，林師兄邊炸邊讚揚老菩薩們調味的手藝不亞於大餐館的廚師，我被他的讚語引誘，不禁地拿了一塊細嚼，哇！又香又脆，好好吃。想想我怎能錯過林師兄放下身段「跳下火坑」的鏡頭，於是我趕緊掉頭跑去請了一位攝影師兄，拍下這難得的畫面。師姐：「來！拍一張照片做紀念。」師兄：「不必拍，照片只是記錄外表的形象，內在的修養才重要。」

沒想到林師兄還真有墨汁，言出那麼有深度的哲理，我真是有眼不識泰山的大蠢人。

二〇〇三・八・二十

殘障兒童拜會慈濟

二〇〇四年七月二十七日一大早，十三位師兄師姐及十位慈青匯集在會所等待「愛之家」Bahay Mapagmahal Rondalla On Wheels的蒞臨。今天除了於華人區的聖軍中學舉行義診，和遠赴依莎貝拉Isabela發放外，歡迎「愛之家」是活動之一。

「愛之家」是慈濟菲分會每個月的第三個星期天必關懷的一個慈善機構，慈濟人常婉轉地探索去了解殘障人的需要，從中知悉他們因行動不便，很少出門，所以從未踩進電影院看戲，慈濟人就預訂在會所播映一齣巾幗英雄「花木蘭」Mulan的卡通片給他們觀賞。

九點正，「愛之家」的大車停泊在會所門外，十八位年輕殘障人由修女羅絲Sister Rose帶領，由年青力壯的慈青，把坐在輪椅上的殘障人從車上扛下，再扛上會所的二樓佛堂，感恩慈青把剛吃飽的早餐化為力量。

坐輪椅的只有五位，而其他的都能一拐一跛地走路爬樓梯，他們若不走路只站立著，你會以為是正常人，因為長褲遮蓋了他們的缺陷，但是他們給人的感覺是太瘦弱了。其中有一位特別瘦小的兒童，左腿正常，右腿卻軟綿綿又扁小，可憐幼小的心靈尚不懂煩惱，笑兮兮好可愛，其中還有位黃皮膚，黑頭髮的女孩，一看就知是炎黃子孫。

殘障有天生的，有出車禍造成的，有被火燄燒廢的，有染病成廢的……他們由「愛之家」的修女羅絲照顧。修女羅絲於一九七〇年從比利時來菲建立了「愛之家」。她三十三年如一日，投下全部的愛心支撐著，不只膚慰著殘障的心靈，同時給他們一個溫暖的家。修女本身是攻讀音樂系的，因此她招集殘障人組合一支「輪椅五弦琴」樂隊，讓不幸的殘障人有專長，在音樂路上發揮。

在王鼎臣師兄的致歡迎詞後，播放卡通片《木蘭》Mulan，經過藝術處理的古老故事，呈現最時尚的夢幻卡通片，美麗的畫面，替父親從軍的孝女木蘭，看得大家為之動容，播完，由慈青領導做心得分享，或許殘障人較羞怯，都不敢開口，慈青只好轉用問答方式，給他們說出觀感，隨後有個漫畫比賽，在一分鐘內畫出木蘭片裡的一條紅龍Musu。慈青點子多，把在場的慈濟人融入殘障團裡，再分為三組作唱歌接力賽，慢半拍，走調的，沙啞，嘹亮的，尖利，低沉的合聲繚繞佛堂，大家樂融融的大展歌喉，管他是南腔或北調。

餘興節目後，享用簡單的素食自助餐，餐後，修女羅絲發言，感激慈濟多年來給與的支持與愛護，給殘障的心靈無限溫暖與勇氣。她以一木製的小吉他，贈送感謝慈濟。

大力士慈青再次的把殘障人扛下樓，送上車，揮別的小手不停地擺曳著，直到眼眸模糊，但願他們有個愉快的週日。

二〇〇四・八・十

慈青靜思生活營

二〇〇五年五月廿二至廿八日是慈青第七次靜思生活營。以往的六次都是租用大雅台（Tagaytay）的PHIMA舉行，今年就假園區舉辦三天的生活營。園區空間龐大，為了給參加營隊的學員有個舒適乾淨的場地，幾天來動員了無數委員、慈誠、志工、慈青來大掃除、修補、整理，和籌備生活營一些文物工具、餐具飲料等等，雖是辛苦，但是，大家都以歡喜心，甘願做來付出，大家都寄望生活營能做的更成功，能渡化更多的人來參與。

生活營是開一扇門給年輕人認識慈濟，年輕人在西方文化的沖激下，思想洋化，都崇拜外國的月亮圓，甭說對中國倫理道德的認識，悲哀的是最起碼的「咱人話」都講不通，甚至完全不會講。許多學員的家長都盼望來慈濟能學說「咱人話」，青少年就像一張白紙，我們要乘敞開來還沒污染的白紙做及時的保護，使其思想與行為有條健康的引路。慈青靜思生活營是替社會培養品德兼優的青少年。當然，我們努力的教育，是希望他們能參與慈濟做承先啟後的慈濟人。

這次參加生活營的有一百八十二位的學員，加上慈濟志工共有二、三百人，學員分成十八隊，由兩位隊輔一位慈青帶領，學員身穿淺藍上衣黑長褲，整齊又莊嚴，一臉的稚氣，充滿著青春活力，他們跟著隊輔走進講堂，開始學習慈濟人文課程，這可是他們人生的一個轉捩點，但願慈濟精神能啟發善念，教化他們走向美好的明天。

上人常鼓勵慈濟人要自力更生，所以這次的生活營完全由慈青自己籌備，委員們只是輔導的角色。當今青少年能說能聽「咱人話」的很少，所以為了避免有語言的障礙，三天的生活營都以「四通」交談。四通就是英語、沓牙樂、福建話、普通話四種語言混合溝通。眼看生活營的人數是一次比一次的多，這就證明慈濟是被社會人士所肯定的，無論學員是被家長所慫恿或出於自動自發的參加，相信進入慈濟佛門來充電的學員，再跨出去必然是充了滿滿的慈濟精神，寄望他們是明日的生機和希望。

開營典禮正式開始，先以一首「拉車向前行」帶動會場的氣氛，司儀把籌備小組分組排列，隨著輕鬆快板的歌曲一隊接一隊地奔到前台與學員們相見歡。

蔡執行長萬擂師兄致詞後，慈青表演一齣短劇，故事是有一群無憂無慮的青年人，無所事事地東蕩西逛，舉止言詞粗俗，後認識一位慈青，在慈青款款的引導下走入慈濟門，日就月將變成有紀律、有禮貌、有愛心的新青年。演員最後展現一條橫布條寫著：Welcome to Tzu Chi Family，小話劇在熱烈的掌聲中謝幕。接著由議淞師兄教導「學佛行儀」，他先教入殿堂威儀，如何向佛陀法像問訊、頂禮；再教食的威儀，怎樣端碗、拿筷子；後教如何收拾舖放床墊、被單和枕頭。師兄再以「當我們同在一起」來帶動唱，引起學員們無限歡心。

歌聲繚繞中，慈濟手語隊老師洪英黎師姐教手語，她挑選兩首簡單的慈濟歌：一、慈濟青年聯誼會會歌；二、讓愛傳出去，學員一眼看字幕，一眼看老師學手語，年輕人記憶力強、學習快，那像我們遲鈍的老師姐，學了很久的手語，還是半生不熟地比錯。

靜思語團康時間，學員分成四組，在不同的地方由師兄師姐教不同的題材，像健康飲食；以遊戲方法教學員驅除不良的習氣；解說合作才有力量。總而言之，是傳授慈濟四神湯「合心、和氣、互愛、協力」給學員認識。很快就到了午齋時間，大家手提環保袋，袋內裝環保碗、筷、杯，由隊輔帶領，一隊接一隊地步向齋堂用午餐，十八組學員按組別排站桌旁，待全部學員都就位，唱「共養偈」才開始坐下享用營養素餐。

飽食後，移步到體育館拍團體照留念，又馬不停蹄地整隊去講堂上下午課「現代新素派」，由蔡昇航師兄簡介慈濟的運作與宗旨，後播放影帶，是一齣「生命的吶喊」，內容是以飼養家禽為生的記錄片，商家為了應市場的銷量，採用方法給禽獸快速受孕，再以藥物或飼料養肥上市，可憐的牠們一生掌握在人的手中，出生後還沒看清楚所處的環境，就被無情手屠殺成為砧上肉。飯後的一段時間最易打瞌睡，但是銀幕上飛禽走獸被打針、被趕、被剪、被殺的悽涼尖叫哭啼聲，讓全場的學員都打起精神觀看。「生命的吶喊」用意是喚起人類自省與自覺，提醒我們要有憐憫心，關懷有生命的動物，接著講解素食對身體的益處，上人的心願是希望普天下人都能茹素，減少戮殺動物的惡業。

又到茶敘時間，茶敘的地方是在講堂的二樓。生活組的師姐好手藝，把小茶几佈置的好漂亮，白桌巾中央放有大小不一的鵝卵石，鮮花點綴著，見學員們一臉歡喜地品嘗點心，看在生活組師姐們的眼裡是慰她們幾天來的辛苦。短短廿分鐘的茶敘，大家利用此短暫的空檔，暢談交流，好一個溫馨的下午茶。

茶敘後回講堂，介紹慈濟四大志業：「慈善、醫療、教育、人文」，分別由委員和慈誠講解，同時播放台灣新店醫院的落成與設備、三寶顏創辦慈濟義肢中心、菲東部計順省慘遭颱風襲擊的災情、和南亞地震引起海嘯的瘡痍畫面。上人為救災解苦，發起「五管齊下」的救災與復建，慈濟人不停歇地援助、慰問、義診、發放，放下身段街頭募款的動人寫照，悲慟動人的畫面，啟發了無知的學員心裡的激盪，窺看他們臉上時而憂鬱、時而驚訝、時而喜悅、時而拭淚的表情，說明純真的他們是領悟到生命無常的教言，失去或擁存由不得人。

晚上七時用完晚餐，大家扛著飽飽的肚子還回講堂。慈青又演了一齣啟發行孝的小小話劇：故事是有位患了老人痴呆症的媽媽，子女們都有忙不完的事情，因此疏忽了關懷體恤年老的慈母，老母親有一位貼心的女傭在服侍起居，神志不清的她誤把女傭當成女兒地疼惜，把身邊的蓄儲和首飾都給了女傭，到有一天孤獨的老母親病重往生，此時兒女才痛悔對母親沒有行孝的罪過，他們再如何懺悔地號啕痛哭都已來不及了。上人曰：「天下有二件事不能等『行善與行孝』。」這齣教人及時行孝的話劇，演員演技絲絲入扣，感動了學員頻頻拭淚，有的更禁不住哽咽。

學員浮腫的眼眶參與營隊最後的課程「星光夜語」，星光夜語是小組心得分享時間，莘莘學子分享營隊一天的心靈感觸。

大家各懷心事地還回安單的宿舍就寢。相信營隊的一天是學員另種的人生體驗，祝他們在園區三天的生活營有個溫暖美好的「心靈餐宴」。

這是我參與營隊一天的記事，尚有兩天的課業和活動，再由文宣組的師姐繼續作詳細的報導。

二〇〇五・六・十二

大愛媽媽班一路精進

慈濟菲分會為秉承證嚴上人「淨化人心，祥和社會」的理念，於志業園區展開了一連串的活動。師姐楊碧芬勇於承擔「大愛媽媽成長教室」，她帶領四十五位志工落實社區教育的推動。

華僑社會以中上等家庭為多，許多養尊處優的家庭婦女，都把時間花費在吃喝玩樂中，而疏於心靈的耕耘，「大愛媽媽成長班」的開班，意在給茫然的家庭婦女把生活步調導入正軌，達到自我心靈的洗滌及成長。相信慈濟大愛的心念行動，能在來年幫助更多人轉迷為悟或轉痴成智的希望。

「大愛媽媽成長班」共有一百六十位學員，年齡由二十五歲到七十七歲，大家歡聚一堂，從中認識慈濟文化，體會慈濟一家人的溫馨。每堂課都有柔和的手語帶動全場的氣氛，播放在各地舉辦的義診、發放、醫療、救災、訪視等等記錄片，尤以推出婦女們最喜愛的課程如花道、茶道、手工藝及烹飪為題材，不定時邀請臺菲資深委員作專題演講，每堂課都設有小組時間，是隊輔與學員的溝通，聆聽學員的見解與心聲，而後由學員作心得分享，最後在愛的叮嚀下，以一首「我們有約」的樂聲中互道珍重再見結束一堂充滿智慧與溫馨的課業。每堂課都分發志工親手做的書籤予學員，輕薄意重的書籤錄寫證嚴上人一句靜思語，贈予學員共勉之。

第一堂課，曾邀請臺灣慈濟資深委員靜暘師姐（紀媽咪）來主講，她幽默地述說她怎樣從一位不得人和轉為可親可愛又可敬的人媳，她談笑風生，妙語如珠的同時，深含著人生哲理，給在場的「婆婆、媽媽」同感身受地領悟為人妻為人母為人媳在逆境中如何轉惡念為善念，來圓融一家人和睦相處，希望紀媽咪的心得分享能開啟學員們心中的千千結。

第二堂課以「花語道心」為主題，當天所有的花卉和竹筒花瓶均由示範人清美師姐供應，她一面插花，一邊講解插花的技巧和保養秘訣，本是莊嚴的講堂被奼紫嫣紅的鮮花點綴得別有剛柔相濟。一百六十位的學員齊手展現功能，發揮各自隱藏的藝術天才，插出各色各樣不同形態美麗芬芳的盆栽。

第三堂課，特請王鼎臣師兄主講「慈善的腳步」。他講上人年輕時棄俗離家，落髮修行的意志和困難；講上人看見地上「一灘血」後下定決心，為貧病無依的同胞籌募善款救人，這就是「慈濟功德會」的發源，如今，拓展到世界各地都有慈濟分會，在上人的領導下集體落實四大志業，發揮「一眼觀時千眼觀，一手動時千手動」的功能。

烹飪課，由董素禎師姐教導製做麻糬。親手做麻糬才知道它的過程是那麼的繁雜：攪拌、揉、蒸、捏、包……等等步驟，大家手忙腳亂沾了一身粉沫，吃自己做的似乎特別可口，有人還捨不得吃，要帶回去給家人嚐嚐自己的偉大傑作。

一粒麻糬一份情，情情甜甜黏心田。一場忙碌後，是生日祝福節目，隊輔排長龍，手奉生日蛋糕邁向講台，由英黎師姐邀請所有於七月生日的會員上臺，以「每年的今天」搭配手語向壽星祝賀生日快樂，壽星慈青葉惠仁，隻身從宿務來岷做工。她生辰之日，可能懷鄉思家之切，在一群菩薩的祝福詞中感動地淚滴雙頰，不知她芳齡多少，是否情有獨鍾？

因時間有限，來不及做學員心得分享，但是每次於下課後，所有隊輔與工作人員得留下做報告和檢討，以下是幾條報告和大家分享。

有一位學員很幽默地分享：來到大愛媽媽班，感覺自己不是兒子的媽，也不是我老公的妻，更不是為人媳婦，坐在這裡，我有了自我，一個為自己而活的我。

有學員分享：平時有好多問題不知如何處理，聽到紀媽咪的一序話，我忽然開竅，知道要怎樣去面對生活裡的枝枝節節。

隊輔吳秀霞說：學員中有一位一直瞪著我看，我也似曾相識地往她瞧，我倆眯來眼去了很久，後來才發覺原來是五十年前的老同學。歲月摧人老，臉上的皺紋、一頭的白髮絲，使模糊的眼睛一時理不清誰是誰。

有位中年婦女說：自從加入大愛媽媽班，她好像著了迷，整天等著兩星期一次的媽媽班，她提議，可否把兩星期改為一星期，感恩她的迫不及待。

大愛媽媽成長班，有人期待、有人讚歎，有人感恩。

二〇〇五・八・十二

與Brent國際學校漢語班師生交會

三月天，晌午的太陽暖和地高照著遼闊的菲慈濟志業園區，微風拂拂，妍麗綠翠的花卉草茵迎風搖晃，散佈著令人心曠神怡的氣息。是的，和日當空，一群剛由花蓮精舍尋根回來的「大愛媽媽班」委員、幹部、學員正雀躍地等候著即將前來參觀「慈濟」的三十位Brent International School的留學生。

Brent International School創於一九八四年，是菲國馳名國際學校之一，來參觀的是該校附設漢語班課程的學生，學生中有來自美國、中國、日本、韓國、新加坡和馬來西亞等國家。不同膚色，不同語言，學習著以漢語來溝通，這是現今富強中國的魅力，一些有遠見的外國人正急速地學漢語以應及未來市場的需要，據統計，海外學習漢語的人數已經超過三千萬人。

中午十一時正，Brent International School的兩部棗紅色校車相續開來，載滿了三十位來自不同國家的留學生，女生身著白上衣配棗紅色方格子短裙，男生是棗紅色上衣卡計褲，青春活力寫在他們的臉上，一身朝氣的莘莘學子，在師姐和藹的帶引下邁進A座二樓講堂，他們分別就坐六張小圓桌，桌面小花綠葉點綴，花卉是摘取於園圃，在師姐們的藝術巧手配搭下，格外顯得綺麗雅致，也應合了上人「就地取材」保護地球資源，應用再應用。講堂優美舒適，莊嚴素樸中呈現典雅美，一種慈濟人文氣氛的美。

眼看三十位異國風姿，一臉稚氣，令人暗自讚歎他們多有福氣，小小年紀就有機會，跨國留學，這可是前世修來的因緣福報吧！我不自覺地走回昔日朗朗書聲的隧道裡，回憶當年沒有煩惱、無罣礙的學生時代，那是人生的黃金時段啊！

安適就坐的學生們，對身處的陌生地似乎抱著奇疑新鮮的念頭，這或許是栽頭在書域裡對外界認識不多的心態。學生們靜聽陳怡珊師姐致歡迎詞，後由隨團的大陸老師李惠敏手拿麥克風挪移到各張桌前請學生以華語自我介紹，外國學生們的漢語是生硬的，不過聽起來還蠻親切的，大家在歡笑中互相認識，減少了彼此心中的隔閡。許多學生是首次嘗清淡少鹽少油的素菜餚，大家細嚼品味後都再次地端盤加菜，其中以米糕、碗糕、炸薄餅和椰子香草沙拉最受歡迎。

用完午餐，舒緩小憩後，大家精神抖擻地參加「智能遊戲」，學生與隊輔圍成一大圓圈，比賽記性，輸者罰抽一卷「靜思語」，當眾朗讀再退出，到最後只剩下一位記憶最強的贏者，我們贈予一個很原始的禮物竹筒撲滿作為鼓勵與紀念。接著介紹慈濟、觀看影視記錄片、講解環保，再由師姐以慈濟歌曲「我願」搭配帶動手語。告別之前，由師姐率領參觀整個園區，隊伍先後地來到「靜思文物流通處」，靜謐的書軒，一片書海，靜思文物琳瑯滿目，學生們隨意瀏覽，各自購買中意的物品。

為感恩學生們，在他們走之前奉獻了一個代表慈濟愛心意紅包。

短短四個小時的慈濟行，相信在他們年輕懵懂的心海裡留下了慈濟影跡，但願他們不虛此行，對人生有所體悟、有所成長，預祝他們學好漢語，希望一顆顆的新芽都能茁壯成為大樹。

二〇〇六・三・廿四

兩種聲音
——大愛媽媽班追思「重陽節」簡記

楔子

西曆二〇〇七年十月十九日也是農曆九月九日，這一天是傳統的「重陽節」。「重陽」也叫「重九」，是因為《易經》中把「九」定為陽數，九月九日，兩九重疊，謂之重陽。由於「九九」和「久久」同音，有長長久久的含意，因此有長壽之說，重陽節因此又發展為「敬老節」，每到此日，都有組織老人登山秋遊，交流感情、鍛鍊身體，重陽節也同時稱為登高節。這節日流傳至今已有二千年的歷史。

這一天，慈濟大愛媽媽班為使學員認識「重陽節」的意義，安排了「敬老思親」的節目，節目由鄭蓓蘭師姐擔任，她以普通話和臺語深入簡出地解釋「重陽節」。接著由十幾位隊輔師姐朗誦詩人余光中的一首短詩：

母難日

今生今世，我最忘情的哭聲有兩次，
一次在我生命的開始，一次在妳生命的告終，
第一次我不會記得，是聽妳說的，
第二次妳不會曉得，我說也沒用，
但兩次哭聲的中間啊！有無窮無盡的笑聲，
一遍一遍又一遍，迴盪巳整整數十年。
你都曉得，我也記得。

和諧的聲音或柔或高或緩或快，句句清晰地聽進「婆婆、媽媽」的心坎裡起了漣漪，大家眼眶濕濕地沉思著，在鴉雀無聲中，柔和悅耳的歌聲輕盈繚繞，鄭蓓蘭師姐清唱「母親你在何方」，她從後面邊唱邊緩步邁進，纏綿哀傷的歌聲匯入人心，大家跟著壁上的字幕輕輕哼唱，思親的情操不禁淚流兩頰，紙巾擦淚中，一首慈濟歌「跪羊圖」的音樂響起，穿慈濟藍旗袍的洪英黎和著藍天白雲的黃美琍兩位師姐上台表演手語，美麗端莊的她們，纖纖細巧的雙手隨著歌詞和音樂節拍以柔美的手語展現，傳遞了一隻小羊兒感恩母羊哺液之恩，長情

之曲，婉柔的手語，使整個大愛媽媽班的道場沉澱在空寂中，大家恬靜的心靈享受在美麗的歌曲和手畫的詩意裡。

坐在臺下的我深深地被美的畫面吸引著，我好想就停留在那片刻，那是我心靈最難得的享受啊！

享受中，箝在我腦海裏的兩種聲音隱約湧起，我感動地在手語表演後上臺心得分享，分享我潛意識裡的兩種聲音，思親的虔意，感動了「婆婆媽媽」再添幾分愁。

兩種聲音余光中詩作

今生今世，我最忘情的哭聲有兩次，一次在我生命的開始，一次在妳生命的告終

而我今生今世，最難忘的兩種聲音，一是爸爸腳下木屐的嗑嗑聲，一是媽媽腳踏縫衣機的噠噠聲，童年的我打從心裡就討厭這兩種音響，聽不懂這是為生計勞心勞力的激勵聲，我們七個兄弟姐妹能如願的進學堂，就是嗑嗑和噠噠聲換來鏗鏘的銅幣聲，供一家人糊口渡日。

早年父母親跟一般的唐山人一樣，離鄉背井出外謀生，他們以無比的堅毅，無比的勇氣，在人生地不熟「呂宋錢淹腳目」的菲律賓打拚，相信，他們一定經歷過無比的煎熬和掙扎，忍受過無比的辛酸和苦痛，他們的處境，只能無語問蒼天，唯一安慰的是看到成群兒女

健康成長，那是他們心靈的無限寄托和驕傲。

記得，父母親做過多種的小本生意都失敗，直到開「菜仔店」才穩定，他們同甘共苦，起早摸黑做到夜幕低垂，在我印象最深的是父親腳下木屐的嗑嗑聲，嗑、嗑、嗑的音波震動整個屋子。父親高個子、五官端正，可稱為美男子，可惜，粗俗的鄉下佬就是不喜歡穿鞋子，或許是視皮鞋是一種奢侈品。父親喜歡聽「南音」，每次唱起來木屐就跟著節拍奏起來，那是弦外之音，還蠻配合。踏進踏出的嗑嗑聲，是勤勞的激勵聲，是我家不可缺少的韻律，因為那是父親健康的腳步聲。

母親，文盲、纏足、梳高髻。是位中國傳統風俗培養出來的古典婦女，更是位被公婆、姑嫂、妯娌欺侮的小媳婦，大家庭專制的壓迫，塑造出她忍耐性高啞巴似的個性。這也是父親帶妻兒離鄉背井的原因之一。

母親嫁雞隨雞，來到異鄉他地生根，貧困家境的重壓，幾乎讓她喘不過來，但是她做的不亦樂乎，因為那是她自己的家庭，是身為人妻人母應盡的任務。當年的「菜仔店」只能勉強維生，在捉襟見肘的家境下，母親做起女紅補貼家用，她縫製學生制服出售，是的，當時母親售衣或買布料，抱著大包小包過馬路或上下車的辛苦，是稚齡的我所無法幫助的，最多只能幫她提較輕的包袱。從此，家裡的嗑嗑聲之外又添上了縫衣機的噠噠聲，噠噠聲尤於夜闌人靜更響亮，三寸金蓮踏車盤的聲音越勤快越吵雜。

飽經風霜的母親能靜下休息是她唸佛經的時刻，她可能不懂得深奧的經理，至少文盲的她也認識了不少的漢字，從中她得到心靈的舒坦和平靜。日子一成不變的流逝，母親濃密的黑髮稀疏了泛起霜花，噠噠噠，踏得腰身不再挺拔、父親也經歷風霜歲月的洗禮，雙眼失去了光華，直到全然瞎盲。父母親為家辛勞付出，唯一的安慰是見到成群的兒女都健健康康的成家立業，他們高枕無憂地含飴弄孫過無求的日子。

慈濟歌「跪羊圖」歌詞有一句：「父身病，是為子勞成疾，母心憂，是憂兒未成器」，每當唱起這詞句，總覺對父母親健在時不夠關懷而汗顏，汗顏地尋覓著父母的噓寒問暖。

兩老都活到九十高齡，記得父親過九十歲生日的那一天，大嫂一早下廚煮完麵線，高興地要叫醒父親吃壽麵，怎知，父親已冰冷地往生了，所以，父親的生辰和忌日是同一天。一年後，母親在全無意識中，手握唸珠走完她的人生路程。我們也尊照佛儀，不翻動她的身體，給予八小時的助唸。

那消聲匿跡的嗑嗑和噠噠聲依稀地在我耳畔翻攪，翻攪——。

二〇〇七・十一・六

大愛滔滔萬里情

——慈濟社會教育推廣組圓緣典禮

強烈的莫拉克颱風於八月八日侵襲台灣中南部，狂風暴雨造成比「九二一」更慘重的災害，洪水氾濫，死傷千人，房屋家園倒塌掩埋慘不忍睹。上人慈悲，即刻呼籲慈濟人前往災區救災的同時，也急時發動為八八水災募款。人傷我痛，遍佈世界各地的慈濟人愛心齊現，紛紛慷慨解囊，到街頭巷尾募款，在非常時期見到患難相恤，愛國愛民的畫面。菲律賓慈濟也濟燃眉之急，募心募款，獻上了一筆可觀的賑災愛心善款。

社會教育推廣組協議在圓緣典禮之日，為八八水災再募捐，因此各組老師學員都為成果展忙碌，於是日奉獻「東西」義賣。

二〇〇九年九月十二日下午兩點，來賓雲集，節目於三點開始，由施議淞、王鼎臣、洪英黎、楊碧芬四位師兄師姐當司儀做開場白後，播映一齣發生於菲律賓計順省印班沓區（Infanta Quezon）與台灣八八水災一樣被颱風肆虐的悽慘影片，全場鴉雀無聲，感同身受災民痛不欲生的心情。接著由教育推廣組組長錢小進師兄致辭，師兄語重心長，勸勉人人得敬天愛地拯救地球。他解說社會教育推廣是藉五大課門來菩薩大招生，慈濟是一個大愛團體，希望社會大德踏出腳步參加慈濟多做行善的工作，大家一起追隨上人做對社會有意義的事情。

手語班的學員先後兩次表演手語，一以「青山無所爭」再以「擁抱蒼生」。柔美的手語是歌詞是情感交流的傳遞，團隊表演要給觀眾感覺到手畫的詩意和整齊的美，美出讓大家沉澱心靈啟發智慧。手語老師洪英黎師姐是位追求完美主義者，每次手語隊要表演，敬業的她特為嚴肅，帶著學員日夜反覆地練習再練習，為的是呈現手語的柔美，給觀眾認識慈濟文化的另一面。當天的手語表演得確是美，那是師生勤練心靈共鳴的碩果。手語隊有三位男仕，其中一位是菲律賓人，他是他殘障「頭家」Joey的司機，因Joey四肢軟弱，行走不方便，而且有點低能，所以他得時時陪伴身邊，Joey來練手語，應該是偉大父母的苦心，誰家父母對低能兒不寄望奇蹟出現？所以司機Roel常伴君側學手語，耳濡目染，學會了手語。

社會教育推廣的課程有蕙質蘭心、電腦班、手語班、心素食儀和太極班，班班都委派學員上台心得分享。像「蕙質蘭心」班的學員忍忍女士分享她學到女人應有的美姿美儀，慈樂飄揚中靜思茶香裊裊，真善美花卉繚繞，茶香花香薰得我陶醉其中。心靈薰陶要有健美的外貌，健康飲食與自然美就是培養的一課題。「蕙質蘭心」給生活在油煙和相夫教子裏的婦女一個自我提昇，成為新時代女性兼備傳統婦女美德。

太極班的學員，一派武士氣慨上場，先後表演太極拳和太極劍，英雄豪傑的威武讓台下的觀眾驚嘆不已，大家專神注目欣賞，沒想到慈濟人是文武兼備者。慈濟鼓勵在行菩薩道的志工們多鍛鍊體魄，因此設有太極班。學員柯文偉分享：學太極一定要集中精神，專注在手腳運作的準確上，天天練功對身體頗有益處。柯文偉先生供應慈濟的塑膠杯，多年來以商言商，排徊在慈濟門外的他，因太極之緣，現是走入慈濟大庭園裏練太極，希望有朝一日能加入慈濟志工行列。

姑姪的王錦華和王珍長合唱〈因為有愛〉，潤厚嘹亮的歌聲，獲得掌聲如雷。

電腦班的學員方麗融和師姐蔡韻圓雙雙上台分享，方麗融說：她從一無所知到現在已懂電腦基本運作，這完全要感恩慈青老師施映如和她的團隊耐心的教導，我們的成果是她的功勞。同時也非常感恩師姐們備茶水、點心召待，我感覺師姐們個個都很親切。蔡韻圓師姐分享：我今天懂點皮毛，真的是要感恩老師施映如，電腦深奧無邊，學員學到的只是基本常識，希望在家要不停地練習日求上進，成功要靠自己的努力。她殷殷期盼學員要來做志工，大家攜手發展慈濟四大志業，八大腳印，成為上人第一代弟子。

心素食儀班由老師慈櫻（秀秀）師姐分享：素食是一種健康飲食，多蔬菜多水果多纖維，促進消化。現代人多已養成大魚大肉的飲食習慣，如此就把動物被注射的抗生素和生長激素吃進體內，結果危害健康，產生許多疫疾傳染，她鼓勵大家一起茹素，讓人人健康，減少殘殺動物的惡緣，萬物都能在大地祥和共處。師姐還介紹「心素食儀」班多樣成品義賣。

「青山無所爭」音樂悠然響起，四十位儀態端莊的師姐分站兩排，雙手端盤，盤中放有茶盅，輕盈地從後面進場移步至中央走道，再分叉向左右兩邊走，走到前台的中央走道，師姐們各自走到小圓桌，奉茶時輕然蹲下面帶微笑地把溫熱的茶盅放在桌上，給來賓享用香醇的慈濟茶。靜思茶道是慈濟人文的一門課，是生活藝術，更是禮儀，與心靈修養的表現。

手語隊以一首〈千手來牽手〉再度上台表演手語，中間學員們紛紛下台邀請來賓、師兄師姐一起上台牽手表演，祥和的氣氛給人感受到一家人的溫馨。

司儀施議淞師兄帶領大家為八八水災災民祈禱。

最後是感恩時刻，感恩所有對「社會教育推廣組」奉獻時間與精神的組隊，組隊分別上台一鞠躬。

圓緣結束，大家興高彩烈到後台請購義賣物品，響應「大愛滔滔萬里情」，感恩大眾互持，點點愛心善款，滴水成河，向八八水災災民獻上一點愛心。

二〇〇九・九・十六

人文篇——心靈律動

「大愛之夜」側記分享

「大愛之夜」公演前夕，因花蓮師兄師姐與明、歌星十幾人分成四批蒞臨亞謹諾國際機場。我們的委員及志工多人參與節目表演，正臨時抱佛腳地排練，而多位工作人員更是惠心致志地忙裡忙外，因此接機之事竟有調動之難，但是難行得行，總也得安排好接機者。我被安排中午班機迎接歌唱家殷正洋和憶慧師姐。

到機場迎接貴賓是一件苦差使，菲律賓國際機場的設備不如他國有安全舒適的接送環境，這裡接機的特色是接機者猶似站在「瞭望台」上，有如長頸鹿伸展脖子，再用千里眼眺望從那四十五度斜坡下來的旅客中尋覓。

感恩國際機場優惠我們幾張通行證，供幾位接機人進場，其餘的志工就得站在炎熱的大太陽下傻等，我們可算是從優了，允許站在近斜坡的屋簷下等人，但是，碰到較嚴厲守規則的警衛，就不許站邊，奈何！我們只能退到洗手間裡等待要接的人出現，才從洗手間裡冒出來，臉擦慈濟面霜，一片歡喜地上前迎接，獻花、拍照。

上人常言：「柔和忍辱」。期勉慈濟人，要抱著柔和善順的態度來修持，要先修養自性，才能承擔起推動慈濟志業的責任。我們和氣地退到洗手間，是否承擔了柔和忍辱，實踐了難行能行的意志。

＊　＊　＊

「大愛之夜」演出的前一夜，慈濟在文化中心（CCP）的大廳召集所有志工作行前叮嚀，分配工作與叮囑重要細節；同時舉行簡單的歡迎會，歡迎台灣師兄師姐與大愛台「智慧花開」的演員，臨時舞台就是文化中心大廳舖紅地毯的大樓梯。是晚，台菲慈濟人各獻節目，氣氛融洽，一家人樂得難分難捨才各自回家安單，養足精神預備明天兩場的演出。

＊　＊　＊

「大愛之夜」的開場戲，是由幾位師兄與慈青表演舞龍、敲鼓、揮舞旗幟，節節都得靠臂力和腿筋來操作與支持。老當益壯的師兄們，汗流浹背地舉棒擊鼓，一身肌肉，筋骨都緊隨著鼓聲的節奏顫動，倒也一派威武的神態；慈青，年青有勁，套上長長的錦龍道具，稱起龍頭，直起龍身，翹起龍尾，活靈活現地在台上蠢動；還有揮舞旗幟的慈青，一副敢死隊地衝鋒英勢，也不亞於嶺南國術總會的武藝。幾星期苦練學來的功夫，應向嶺南叩謝，感恩他們不倦的教導，訓練出一隊不錯的新弟子，也許有朝一日嶺南還需向慈濟借將？

* * *

平常看慣師兄師姐們淡粉素妝，穿慈濟服，梳慈濟頭，確實比實際年輕來的老成，雖是如此，卻煥散著一種高貴氣質，莊嚴嫻雅的整齊美。女人就是女人，潛隱著「愛水」的天性，在後台看到表演「手語」的師姐們，對化妝各有挑剔，在化妝師的手藝下，青出於藍，一個比一個漂亮，真是判若兩人，大家為自己的漂亮喜出望外，喜悅加信心，素淨的雙手輕易地演出一場「牽手」的悠美手語。

青春活潑的女慈青，年青是她們的本錢，淺淡胭脂，一身黑色長褲裝，臀部繫上紅黃藍綠不同顏色布條，婀娜嫵媚。比手語時柔和的雙手隨從音樂的歌詞，慢中帶柔齊上齊下，把「是你」的慈濟歌曲表達的淋漓盡致。

* * *

* * *

名揚四海的歌唱家殷正洋師兄，在「大愛之夜」的兩場戲，唱出不同的慈濟歌和英文歌，雄厚、柔韌、嘹亮、動聽悅耳的歌聲，使觀眾屏氣凝神地聆聽，在在帶動現場氣氛，充滿感動。許多觀眾是特地買票前來看他的廬山真面目，多人感歎他唱得太少，聽得不過癮，也許可考慮舉辦一場「殷正洋音樂欣賞晚會。」

從一件小事可看出一個人的修養和氣度。大愛之夜有一節目，是由殷正洋主唱，再由二位師姐比手語。CCP燈光設備只有二支照射燈，而三個人站三個角落，就出現照射燈不夠用，隨和的殷正洋怡然地說：「不要緊，我唱歌可隨意走動，我可以走到比手語的師姐旁邊，用一盞燈，不就沒問題了。」他是慈濟人，心胸抱著善解、包容。放下身段是上人對慈濟人的叮嚀。

＊　＊　＊

菲華社會曾經辦過無從計數的音樂會，有來自中國、台灣、以及本地的，場場都以國語對白，這次大愛之夜別開生面的是以台語對白，台語與福建話只是腔調和發音稍為異曲而已。這次慈濟總會提供的節目也是別出心裁，竄改以往嚴肅說教的方式，演員的台語談言，聽得觀眾如沐春風，輕鬆愉快得掌聲不停地起落。

＊　＊　＊

一首「淨如琉璃」的音樂響起，這是壓軸戲，也是謝幕前一齣很別緻的演出，十八位資深委員身著深藍色旗袍，頭髮挽成平髻，再綁上一朵深藍色的蓮花緞帶，手手捧光明燈出場排成一列，手掌心的小小明燈煜熠地照亮了黝暗的舞台。點心燈象徵一顆明明白白的心，照破無明痴暗，智慧明達。

深藍色旗袍別名「柔和忍辱衣」，是一件最有氣質的衣服，穿上它，就必須有端莊慈悲柔和的心念，「心中要牢牢記著自己是慈濟委員，右肩擔著佛教的形象，左肩擔著慈濟的委員責任，胸前則掛著自己的人格和氣質。」

「謝幕」在心燈的煜煜下，所有表演者與幕後工作人員先後有序地上台向觀眾致最深的感恩，賓主盡歡的「大愛之夜」，為菲華慈濟留下珍貴的史頁。

* * *

一、二百位演員與工作人員的伙食是一個很棘手的挑戰，雖沒看到香積師姐在工地廚房裡大動廚戈的辛苦，遙想在大太陽的熱能下，加上火爐烘烘的火候，簡直如火坑。師姐們含辛茹苦，大汗淋漓地煮出色香味齊全的素餐供大家溫飽，我們只有以感恩再感恩來致意。希望她們在油煙世界顧好自己，感恩！

謝幕後，明星、歌星、台灣師兄師姐們為感謝僑胞的厚愛，特別到大廳為觀眾簽名留念。沒想到頓時人潮湧現，爭先恐後地給心儀的明、歌星簽名和拍照。這次來自台灣的藝人，各自都有難以卸下的事務，像殷正洋與憶慧師兄師姐於三月六日中午蒞臨，便馬不停蹄即刻轉機往宿務，參加當地晚上的公演。翌日，天一亮又飛回岷市參與三月七日的兩場戲。又如「智慧花開」的男女主角，趕在表演當日的中午班機蒞臨，又因台菲氣候冷熱差異，他一身寒衣汗淋淋，頭昏昏地直赴CCP趕三點的場，翌日清早六時，多位藝人又趕機飛回台灣。

* * *

「大愛之夜」連同宿務一場，共三場的賣座頗好，這當然是慈濟在社會行善扶難救苦的回報；同時慈濟大愛電視台廿四小時不停的播映，節目製作謹嚴，內容活潑充實，啟發人心向上向善，整個節目以「愛」為宗旨。它不僅擁有廣大的觀眾，更普受好評。這次公演所得之款項是獻給正在興建的大愛電視台大廈，這是菲律賓慈濟一點點添補的心意，希望「慈濟大愛電視台」大廈早日完工，推出更多更有意義，有教育性的節目給愛護慈濟的觀眾充實精神糧食。

＊　＊　＊

希望「大愛之夜」能感召更多的人參加慈濟，大家一齊闡揚人性光明面，共同把愛注入多災多難的地球村，淨化世間惡濁，讓社會逐漸祥和。

二〇〇四・五・二十五

浴佛節，看見另一個世界

二千五百年前，農曆四月八日，悉達多太子在尼泊爾國境的藍毗尼園的無憂樹下誕生，也就是後來出家成道的佛陀。傳說佛陀誕生後，一手指天，一手指地，意謂：「我乃宇宙最尊貴的覺者，我將廣度一切沉淪生死的眾生」。隨即有兩股水從天瀉下，沐浴在佛陀身上，後來，佛教徒每年慶祝佛陀誕辰就沿用此例，舉行浴佛儀式。

浴佛節也有稱浴佛會，灌佛會、華嚴會、龍華會，甚至浴佛灌頂大法會。這一天，佛教徒會進行大規模誦經活動，並用各種香湯灌洗釋迦牟尼佛的誕生像，而整個佛誕節法會則以浴佛為主。

國定佛誕浴佛節，歷經二千五百多年，浴佛的傳統單純儀式已隨時代的進展演變成內容豐富多采。世界各國的佛教，因國風民俗的差異，浴佛儀式深受當地國本土化的影響，已逐漸失去正宗的浴佛規儀，如今浴佛儀式不只單項香湯灌洗禮，常添上其他節日合在一起慶祝，略述舉例：

台灣——浴佛日因巧逢母親節前後，因此浴佛日與母親節一起慶祝，為普天下偉大的母親祈福。浴佛時，手舀香湯用恭敬的心去洗浴佛身，灌沐完，勺子中留下一點點香湯，把它滴在手中，然後放在頭頂上，滌洗外身髒垢的同時，淨除內心的污垢，善男信女稱此水為「吉祥水」。

香港——全港佛教徒同聚一堂歡慶浴佛大典。農曆四月八日「佛指舍利」在嚴密的保安下，由專機從陝西送抵香港，在佛誕日舉辦隆重的瞻望「佛指舍利」和浴佛祈福大會；同時也舉辦捐血運動，讓教徒與民眾除沐浴心靈外，也實踐佛陀慈悲博愛的精神。

印度和尼泊爾——這一天寺院將悉達多太子誕生像置於車內遊行；尼泊爾浴佛節活動，則將佛像放在裝飾得非常漂亮的大象上；讓人禮拜，燭燈、油燈則在夜裡點亮。

* * *

慈濟菲分會浴佛祈福典禮，因借用商總大禮堂，不便淋濕弄髒禮堂，則將洗滌佛像的儀式，改為最簡單的頂禮，獻花作為象徵儀式。

二〇〇四年五月十三日早上八時半，由蔡執行長萬擂師兄和來自台灣宗教處主任謝景貴師兄帶領慈誠手捧心燈，隨著「讚揚三寶之歌」，邁步到佈滿心燈與香花的臨時圓形佛壇，供心燈、獻香花、禮佛後走下佛壇；再由委員師姐們捧著盛滿白蘭花盤子，隨著「南無阿彌陀佛」佛歌走上佛壇獻花後各就各的職位。參與浴佛的慈濟人與社會善士，排站中央走道，虔誠合掌口頌佛號，以八人一組輪流上台領花、獻花、禮佛，好隆重又莊嚴的浴佛儀式。浴佛含帶另一個意義，是幫自己洗淨內心的塵垢與煩惱，使心靈安祥。

浴佛儀式過後，特請花蓮慈濟宗教處主任謝景貴師兄主持上下午兩場的心靈講座。

* * *

謝師兄，本來是在美國某銀行高就，薪資一年二十萬美金，或許，他與佛有緣，在一個偶然的機會，聽見上人開示，心中無限敬佩與認同上人的理念，他心念一轉，捨棄美國的高薪職位，發心當上人弟子至今。

謝師兄無怨無悔，滿心歡喜地做上人的耳目手腳，他不惜辛勞地走遍世界各國有災難的國家。他到過長年內戰的阿富汗的難民營；到被地震震毀成廢墟的伊朗巴姆和土耳其；多次到被颱風、洪水襲虐的大陸；到感染愛滋病最嚴重的非洲；到巴拉圭貧窮的印地安村；到排華的印尼……等等國家去賑災、發放、膚慰貧病交迫的災民。他所看到不是富國榮華一面，而盡是千千萬萬處於水深火熱的災民。他把苦難眾生攝入鏡頭，烙印心中，播放、講解給豐衣食足的幸福人知道世間還有挨餓受凍，居無定所游走乞食的可憐人。希望世人伸出同情的雙手，拯救這些求救無門的落難人。

祈禱佛陀保佑水裡來，火裡去的慈濟菩薩。

銀幕上，看不到「美」與「笑」的面孔，全是廢墟、殘缺、枯槁、死亡的醜陋面。因無情的戰爭、天災、疾病等等的襲擊，使人民一下子成為鰥寡孤獨，沒有一個完整的家。本應是心寬體胖，天真無邪的無辜稚童，不是乾枯憔悴，就是瘦得皮包骨，比較幸運的，一臉茫然無奈，衣衫襤褸地在街上行乞。生不逢時的孩童，一出生就在逆境中長大，在他們的生命裡沒有快樂，幸福這個詞。

有一家庭，父母雙亡，遺下孤兒三位，才五歲的老大，就得當一家之主，負起照顧弟妹的重擔；又有一家，父親被斃亡，母親重病臥床，一個五、六歲大的男孩子，緊握拳頭，眼睛狠瞪著，兇煞煞地守護著家門，估計在烽火裡驚惶長大的他，心眼裡認定門戶外沒有一個是好人。「來吧！你過來，我就一拳打過去。」

伊朗的巴姆城於二〇〇三年歲末，被突來的地震毀成廢墟，死四萬多人，是巴姆城人口的三分之一，傷殘慘不忍睹。有一位死裡逃生的校長，看到校舍倒塌成灰燼，他拾起埋壓在泥灰裡的學校用品與書籍，痛惜的想起學生們的安危，大男人不到傷心處不流淚，一生為教育的他，眼眶淚游，情不自禁悲痛地嚎啕大哭。

太多寫不盡慘絕人寰的滄桑事，據說：全球每五分鐘就有一個兒童因飢餓或因疾病而往生，殘酷的是這不是一時的瘟疫就過去，而是長年國與國之間的戰爭；天災人禍無定時的突襲；人類嗜殺牲口，所種下的疾病如口蹄疫、禽流感、狂牛症等等，甚至有毒的果子狸肉吃進肚子裡，繁殖出新的疾病如「Sars」。

謝景貴師兄蹙眉敘述：美國科學家預言：在二〇一三年至二〇一八年之間，世界人口將剩下四分之一，這震憾的訊息，在場的人無不楞住了。毀滅人口由繁雜的因素所構成，有天災也有人禍。科技的進步，產生負面的效應，各種機械排放的廢氣，污穢的化學元素混沌在大氣層；人類無止境地剝奪消耗地球的資源；溫室效應引發天災不斷，最終天然資源摧毀殆盡，令土地長不出芽來。人心的「貪、瞋、痴、慢、疑」可引起不可思議的災害，像戰爭、屠殺、破壞、陷害……種種惡舉造成許多無辜人的傷亡與流離失所。

看到一幕幕悲天憫人的紀錄片，才清徹地意識到另一個世界的悽涼，相信大家都跟我有同樣的感受，覺悟如今豐衣足食的自己多有福報。上人常叮嚀：「知福、惜福、再造福」，希望惜福的你伸出援手，一起來「擁抱蒼生」，為芸芸眾生獻愛心，為受災的人送溫情。

上人殷殷呼籲眾生茹素，不屠殺家禽、走獸、海鮮來當砧上肉，盡早改變累世積來的飲食習慣，減輕「二手屠夫」的惡業果報。

希望科學家的預言不會實現，大家及時合心、協力膚慰千瘡百孔的地球，拯救地球資源。愛，是救世的法寶。

慈濟月刊第四四九期有一篇社論「把握生命的時空」，摘錄一段與大家分享。

「這個時代迫切需要提倡回歸心靈的質樸素美，如此才能照見不同的『私我』皆具善良本性，突破爭鬥的幻相，成就使人人生命獲得祝福提升的『大我』」。

二〇〇四・七・六

寰宇心靈故鄉

——菲華校長暨主管花蓮慈濟尋根隨筆

燠熱的四、五月是全菲學校的暑假期，慈濟菲分會特安排僑校校長和老師往花蓮尋根。第一團五十幾位老師於二〇〇四年四月四日往花蓮慈濟大學進修三個星期；第二團為校長和主任二十四位於四月十三日起程，本人有幸為隊輔隨團巡禮觀摩。八十幾位師長的來回機票，全由菲航陳永栽董事長免費提供。更難得的是六天的行程，陳董事長賢伉儷能放下身段，自始至終與我們平起平坐。感恩！

四月十四日尋根第一站

繁華商業區的靜思書軒

靜思書軒位於有「台北曼哈頓」之稱的信義計畫區。在城市的擾攘之中，她清淨地與周圍人群調合，形成一股與眾不同的文化氣氛。

踏入書軒，呈現眼前的是又古典又現代的裝潢，簡樸的陳設：如竹子、原木、燈飾、盆栽、對聯都是我頗喜愛的裝飾品。這裡展售「靜思文物」，像是證嚴上人的著作、慈濟出版品、環保餐具、健康飲品和精選好書……等。為了有個舒適的閱讀環境，書軒全面禁煙，僅提供咖啡、茶和果汁等飲料。

來接待我們的是店長蔡青兒，她是我們蔡執行長萬播師兄的千金，也曾是大愛電視台「大愛ＡＢＣ」兒童節目主持人。

靜思書軒，每天都有不同的上班族，亦或其他都市人進來小息，邊閱讀邊喝咖啡、香茶；或者是來尋找一份寧靜，把煩躁與壓力調適。一本好書在手不只填補精神上的空虛，在不知不覺中從書海裡開拓知識視野。書軒每週六晚間都舉辦「心靈講座」，邀請各方精英或慈濟志工當主講人，與書店客人分享生命經驗，提供多方面的心靈與知識探索。備受好評，吸引不少人定期前來聆聽。

這一天特邀請黃華德師兄為主講人，我們全體靜坐在「飲食區」細聽黃師兄的心得分享。黃師兄是一位成功的企業家，在菲律賓投資已十六年。目前慈濟菲分會正在興建的「靜思堂」會所約半公頃的福地，就是他發心贈送的，兩年後我們將有自己寬廣的空間，可落實慈濟四大志業。

在靜思書軒的片刻，收獲頗多，不但平隱了兩天來的舟車勞頓，而耳眼所觸盡是美與雅的畫面。志工親切不停地倒茶水，喝得一肚子鼓鼓的果子茶。因時間的關係，不得不告別，離開前大家前往「書區」溜躂，愛書者選購了不少。走出大門，慈濟志工還贈送每人一袋的環保餐具。

校長和主任在靜思書軒門前拍了團體照，大家依依不捨回首再看一眼這洋溢著書香、咖啡香和心靈之香的溫馨小天地。

新店醫院巡禮

遠遠地看到一座正在興建快完工的宏偉高樓，它就是我們要參觀的醫院。車停在分會的舊樓，師兄師姐已分站兩邊地歡迎校長們的蒞臨，再引路巡視後已到午餐時分。我們邊吃邊欣賞大螢幕播放的一部賑災紀錄片，滿心敬佩台灣志工們赴湯蹈火的毅力，膚慰、拯救了無數的落難災民，撫平了他們求救無門的恐懼感。

新店綜合醫院，佔地四萬七千多平方公尺，地下三層，地上十五層。九二一地震，嚴重震垮了千餘棟家屋，傷殘人數慘不忍暗，有此前鑒，上人不惜多花錢增加SRC鋼鐵防震結構，以防來日地震再侵略時，免受天搖地動的驚嚇或震毀。仰望尚在施工的大樓，已可看出格局的氣派，摸摸直立支撐的水泥柱和牆壁，可感觸到建築物的厚實與牢固。新店綜合醫院將是一所最安全、最時尚、擁有最尖端科技醫療設備的醫院。

大愛台：全家人的頻道

夢幻成真地踩在「大愛電視台」的土地上，我一下凝神注目這東南亞最大的攝影棚。

大愛台是真善美的電視文化台，節目皆以教育性為目標。放眼現今的電視媒體多以靈異、暴力與色情掛帥，而清新的大愛台異軍突起，讓觀眾耳目一新，猶如一股清流注入人心。它提昇了良善的風氣，破除了煽腥就沒有收視的誤思，因此，多次拿下最高肯定的金鐘獎。

迎接我們的是「甘草人生」的男主角阿明師兄，和台北「靜思書軒」店主蔡青兒。我們被招待坐在舞台前的小桌矮凳子用茶點，面對寬敞的平台，五光十色的佈景道具排列著。年過半百的我能有機會親臨電視台是我人生歷程的見識增補。主持人介紹電視台運作，播放紀錄片，講解現今網路的推展：什麼落實全面數位化、什麼可從手機或ＰＤＡ的螢幕看大愛節目。新新人類隨時代在進步，很慚愧，我對時尚多元化的新東西是個大白痴，奈何！老朽無用，只能祝福Ｙ世代的年輕人更精進，讓年長的我們視覺上分享即可。

離開電視台之前，我們紛紛上台拿起麥克風，一副播音員的架勢，留下一幀冒牌的照片，同時在影棚拍下團體照，有照片為證，我們曾經來過「大愛電視台」。

搭自強號火車往花蓮

下午五點，前往松山火車站，搭自強號火車往花蓮。自從「自強號」和「莒光號」台北到花蓮線開了之後，花蓮馬上甦醒過來，車票常是供不應求，想必是城市人紛紛想到花蓮嗅一嗅鄉野的泥土香，與傾聽大海的呼吸聲。

火車車廂乾淨，座位寬闊舒適。忙碌了一天，難得有三小時的車程可休息，坐在我身旁的是中正學院院長施約安娜，我們閒聊了一陣子，不知不覺地魂飛天外進入夢鄉，抵達花蓮已是黑籠咚的夜晚，慈濟大車迎接我們直往鄉城飯店安單。

四月十五日尋根第二站

綠意盎然的校園

眼睛一張開，是一個可愛的早晨，藍藍的天，朵朵雲靄浮游，一夜的恬眠，心情隨著窗外的晴空豁然開朗。

踩著輕快的腳步來到慈濟大中小學，站在校園一方，微風徐徐地由四面八方吹拂過來，放眼望去，巍峨蓊鬱的中央山脈和一望無際的綠油草地環伺著校園。學校的建設，似乎一致地運用長廊設計，延伸貫穿教室與建築物間，形成視覺上的穿透效果。校舍盡是單純的灰色調，簡樸龐大又現代化的校園顯現莊嚴的大氣感。花蓮縣政府限定建築物不能超過三層，以免擋住周遭青翠黛綠的自然風景。因此，校園有效的利用自然採光、通風、溫濕度等自然資源，以綠化植栽設計，結合環保維護、保持著校園清淨綠意的環境。

看著在這樣環境念書的學生，個個朝氣蓬勃，我心中為之快樂的同時，憂慮著菲律賓華校幾乎都座落在人馬擁擠喧嘩的鬧市中，校園面積小到只能往空中發展，有的學校甚至沒有天井可觀天，莘莘學子，呼吸的盡是污濁的空氣，校園甭說綠意盎然，可能連一根綠葉，一枝草卉都難見。

寬廣的校園，有教學大樓四棟，宿舍四棟、圖書館、活動中心、藝術館、科學館、行政大樓、體育館、室內游泳池、籃球場、足球場暨田徑運動場，學生可以風雨無阻地活動。

參觀小學部，正值下課午餐時間，路過一班幼稚園，班門口擺列著素食自助餐，幾位頭戴頭巾、口罩，腰繫圍巾的小同學負責分菜給排隊手端盤子的同班同學，校方為要養成同學不糟蹋糧食的好習慣，若想多吃就向配菜者翹大母指；想少吃就翹尾指，配菜者就懂得增增減減，酌量分配菜餚，真是無聲勝有聲的教育。等全班同學都分到午餐，各坐回桌位上，再由班長領導祈禱感恩，才開始用餐。四、五歲的幼稚子，輕巧地用環保筷子吃飯，有條不紊，吃完還得洗濯自己的餐具。

此時不自覺地又想到菲律賓的華僑家庭，父母大人寵愛子女有佳，孩子們養尊處優，飯來伸手，三餐、更衣、上學都要保姆服侍，過份的溺愛，養成孩子怠惰、傲慢，導致孩子什麼都不懂！

我們在慈小會議廳用午餐，令我感動的是類似幼稚班的模式，我們這群老老孩子也端著盤子排隊，由蒙頭巾、帶口罩、繫圍巾的小同學來盛菜，我看見陳永栽董事長老天真地向配菜者翹起大拇指，從中知道很中國的他，喜歡吃豆腐類的烹調。大家一面用餐，一面觀賞慈小慶典的遊藝片，接著由院長與大家心得分享，真是一種有教育性浴和趣味性的午餐。

慈濟人的精神堡壘靜思堂

下午三時半參觀「靜思堂」和「慈濟綜合醫院」。靜思堂位於慈濟醫院右側。建築莊嚴宏偉，它給觀者的視覺是人字形的屋樑，四面人字樑頂端均以三寶明珠作為建築物的焦點，尤以南北兩面突出的三疊人字樑頗具層次感，更深入的觀看，可發現樑樑都雕有不同體態姿勢飛舞的人物像，這稱為三百六十二身飛天，突破傳統佛教造像儀規，整個靜思堂表現出強烈的藝術和獨特造形。

靜思堂設有講經堂、道侶廣場、法華坡道、國際會議廳、感恩堂、佛教文物寶室、宗教圖書館、史科館、藏經閣、瞭望台、靜思書軒、寮房和齋堂。

沿著坡道，慢慢徒步上樓或下樓，兩面牆壁都貼滿比一人高的大幅圖文並茂的全球慈濟人賑災、發放的照片，在燈光照耀下栩栩如生。經過坡道來到感恩堂，四周為「慈濟世界」展示空間，介紹慈濟慈善、醫療、教育、文化四館，提供文物陳列資料展示以及多媒體使用。從坡道到感恩堂的陳列事蹟，呈現一種「無聲的說法」讓身歷其境的人用眼睛，用心靈的觸覺，感受佛陀的精神教育和慈濟文化的步履。

上人為了蓋靜思堂花了不少心血，她要求整個建築物無論外觀和內容，一定要達到能表現慈濟文化，符合法華精神內涵，而且要融合現代美學與宗教理念的藝術氛圍。因此她特請大陸敦煌研究美術研究所的藝術家來設計。

靜思堂是慈濟人的精神堡壘。每年的五月間，海外志工如燕子歸巢般從地球村各角落飛進花蓮心靈故鄉。靜思堂不光作為慈濟志工共修的場地，更要作為社區民眾進修推廣教育的教室，所以不只是志工，同時也是海外異鄉遊子頻頻來心享體受慈濟精神和文化之所。靜思堂人來人往絡繹不絕，各種活動不斷舉行，從中可看出民眾對上人的向心力和尊敬心。願大家追隨上人的腳步，發更大的力量，一起行菩薩道。

僻壤中的龐大慈濟醫院

上人為了「一灘血」的悲慘事故，決心蓋一所大型醫院，經過七年的艱辛努力，終於建立了不收保證金的慈濟綜合醫院，讓貧苦病患的生命及時得到解救。

醫院大廳掛著一幅用磁磚貼製的「佛陀問病圖」大壁畫，此圖為醫院精神的表徵。醫院數公頃之大，不是我們一時可參觀完的，我們只有走馬看花聽解說員介紹醫院的多功能設備。他帶我們參觀三樓，據說走一趟三樓就可了解生老病死的人生過程。三樓設有婦產部門、兒童復建發展中心、「輕安居」（迎接高齡病患，以日間照顧，晚間領回的照顧形式）、以及「心蓮病房」。也就是癌症病患的專屬病房，規劃力求營造類似病人在家療養的氣氛：有舒適的電動床、與家人共聚的交誼廳、餐廳內可自行烹調病人喜愛的食物、更有家屬休息室及佛堂祈禱室等。休息室掛有一幅由殘障人謝坤山用口畫的荷花油墨畫，畫中隱隱約約地浮映著佛陀的面相，不仔細看或聽人暗示是看不出花葉中有佛陀像暗中保佑病人。心蓮病房給病人有家的溫馨感覺，提供臨終病人有尊嚴有品質的生活。

醫院人士熙熙攘攘，有病人，病人家屬，醫師、護士、慈濟志工、清潔工……不停地穿梭著，大家忙忙碌碌各擔起責任，為病人分憂、拔苦。我想世上的醫院少有像慈濟醫院設有志工服務站，這是上人給從各行各業退休的慈濟人一份很有意義的工作，免得他們為無所事事起煩惱。來往的志工，個個擦上慈濟面霜笑容可掬地接待來客，笑容是心中快樂的哲示。

離開人生最後一站的心蓮病房，心中沉沉地隨著隊伍來到醫院解剖學科的硬體設計之一的「大捨堂」，它的用途是作為安奉遺體捐贈者骨灰的地方，堂外走廊貼有捐贈者的照片與簡介，堂內供奉地藏王菩薩，廿四小時有佛號聲聲不斷，大體老師（捐軀者）的家屬及社會大眾可隨時入內憑弔追思。

捐贈大體是病人往生前許下的大願，把遺體捐給醫學院的學生做解剖之用。有位捐贈者說：「我寧可給學生在我遺體上劃上千刀，也不要他們在病人的身上劃錯一刀。」人走完大限，一切都歸於平等，貧富貴賤同樣是一杯黃土掩埋。死有重於泰山，輕於鴻毛；有萬古流芳，遺臭萬年。捐贈大體者捨身奉獻作為醫療研究，將生命最後的功能奉獻給社會，把無用化為有用，他的往生是何等的有意義。「靜思語」有一句：將生命的價值發揮到淋漓盡致，就是覺悟的人生。

經過放大體的冷凍室，透過玻璃牆，可見到一軀軀特製的不鏽鋼棺木排放待剖的遺體。曾經看過一部整個解剖的過程到入殮、火化、入龕的隆重儀式，真是扣人心弦。螢幕上捐贈大體的眷屬淚水涓涓，心中有著難言的緬懷與追思，相信他們的眼淚是悲中有喜，喜中有無限感慨之情，生者得償宿願完成大體解剖是子女諾言的兌現，是活者和死者心寧的寬慰。

花蓮慈院醫療技術和服務品質不斷地提昇，台灣衛生署「醫學中心」評鑑它為東台灣唯一的醫學中心，保障著民眾的健康。

溫馨的大學書軒

晚餐時見到菲華僑校老師進修團，大家歡聚一堂彼此問好，身處齋堂，不便喧嘩，相見一顆喜躍心只待膳後再敘。

餐後原以為是回飯店安單，沒想到分秒不空過的慈濟人安排我們到慈濟「大學書軒」聆聽何日生師兄講「正知與正行」。從靜思堂餐廳到慈大要走一小段路，在花好月圓下順著草坡上的圓型水泥石磚邁步到書軒，一路上鄉野的泥土香拂鼻，涼風徐徐，好清爽好舒服的感覺，我恨不得這是一條不歸路，永無止境地走下去……。

路有始就有終，終於停步在花草樹木環伺的書軒。書軒靜謐典雅，盞盞橄欖型的燈籠或懸或立暈黃地炫照四方，泛散著羅曼蒂克的情調。「大學書軒」和台北的「靜思書軒」格式彷彿，擺列的盡是慈濟書籍與文物，精美細巧的盆栽青綠地散落點綴，浪漫中蘊含著矜持的古典美。

今夜，校長團與教師進修團相聚在此充滿書香、咖啡香的大學書軒，小圓桌放了些花蓮名產如麻薯、糕餅；一杯咖啡在手，聽著何師兄簡潔有力，口齒清晰的分享「正知與正行」。何德何能有如此溫馨的享受，在書香和咖啡香的薰陶中，一股心靈香裊娜心頭。一首慈濟歌「一家人」牽繫著我們的心，大家邊唱邊比手語，結束了一天的活動。

四月十六日尋根第三站

靜思靜舍心靈故鄉

「靜思精舍」座落在平疇綠野，山脈連綿之間，環境清幽，綠意盎然。舍前以草卉圈成大圓形花圃，中間突出深綠色的慈濟徽章。雅樸的精舍、大殿供著三尊白瓷佛薩。目前精舍規模有大殿、觀音殿、新講堂、僧眾寮房、女眾寮房、男眾寮房、齋堂、辦公室、菜果園等。精舍在佛教建築中具特殊風格與意義，上人創辦的慈濟功德會經過三十八年的努力，如今備受國際社會肯定，儼然已成為國內外民眾頻繁的參訪地點。「它」是我們慈濟人的心靈故鄉。

這一整天的課程，均在精舍數位會議室進行，聽完顏惠美師姐與陳乃裕師兄講「生命的美學」，已是中午了。午齋在精舍齋堂與上人共用，下午一點半，王淑貞老師教手語團康；

蕭春梅老師講大愛引航的精神與特色；陳文櫻與李美金兩位老師分別講靜思語教學活動設計與教學觀摩；最後是教育大家談：許一個希望的未來。

如此滿滿的課程安排，可能你會以為不打盹才怪呢！其實正相反，大家都凝神諦聽，因為講師個個口才一級棒，而校長與主任們因講師所講的皆是有關教學的切身問題，有利於改進或增設僑校的課程或設備，還加上從中有點心的休息時間，因此，大家都興致濃厚，一點也不睏。晚餐後，繼續聽謝景貴師兄講「微笑的國度」。謝師兄在偶然的機會，聆聽上人開示後，心念一轉，捨棄美國的高薪職位，發心追隨上人腳步。

他放了一部伊朗巴姆發生大地震的影片與大家分享。銀幕上盡是廢墟、殘缺、枯槁和死亡的醜陋面，孩子們都瘦得皮包骨。剎那間的天搖地動，使得二千年的堡壘毀之一旦，整個城的居民頓時陷入孤獨淒涼的境況，看著居無定所游走乞食的可憐人，大家無不淚流滿面，體悟自己豐衣足食的福報。

據說：美國科學家預言：二〇一三至二〇一八年之間，世間人口將僅存四分之一。構成的原因有天災也有人為的禍害。聽了這噩聞，多讓人怵目驚心。但願這只是個荒謬的預測。

四月十七日第四站

與證嚴上人座談

今天是在花蓮的最後一天，五點就起床束裝趕六點到精舍齋堂與上人共進早齋。抵達精舍，眾法師上早課未完，由師姐帶路巡視精舍周圍，滿眼盡是菜園、果園、草藥樹，四周綠草花卉叢生，陣陣草香拂鼻，微風拂面，甦醒了尚有的睡意。瀏覽精舍，很快就到早齋時間，我們加緊腳步到齋堂，那時已坐滿了常住法師和台灣師兄師姐，大家靜靜等上人就座。在精舍用飯有規儀，諸如：坐相要端莊、端碗筷有譜、盛的飯菜要吃完，吃飯時不許閒聊，環保碗筷要自己清洗……等。

七點的志工早會是每天必定的課程，大家坐上小凳子等上人開示前，先看一部紀錄片，上人開示後，再聽志工們的報告，菲華校長團也有三人上台心得分享。站在上人旁邊講話，每個人好像有很大的壓力，幾乎都緊張兮兮地語無倫次，又何況大愛電視攝影機對著你拍攝。上人聽了報告或心得分享一一給予回答，指引和鼓勵。

一個小時的志工早會結束，由懿德媽媽領路巡禮精舍，十點半大家聚集觀音殿與上人座談，親善和睦的上人與我們輕鬆開談，耐心地聽師長們或請示或吐苦水，然後個別予以圓滿的解答。心得分享後多位校長和主任都許下當志工的諾言，上人歡心地說：說就要做哦！

座談完畢，上人親自給我們套上一圈淺綠色念珠手環，手環在昏暗裡會發光。同時還贈每人一個竹筒樸滿，個個刻有不同的題字。

慈悲聰慧的上人，在忙碌中還不斷的進修提升智慧。她是一位從未跨出國門的出家人，但卻知曉天下的事，所以稱證嚴上人為「上人不出門，能知天下事」的奇人。

參觀慈濟環保站

經常在大愛台和慈濟月刊看到台灣志工不餘遺力地做環保，環保站是民間垃圾的集散地。上人提倡推動環保，愛護生態環境，自然也是保護人類的生存環境。此舉不但資源回收，還使垃圾變黃金，黃金變愛心，讓愛心化清流，清流繞全球。

做環保的以慈藹的高齡菩薩為多，他們不畏髒亂，不辭辛勞，低頭彎腰，將垃圾分類。

老人都有一種「拾遺」的習慣，什麼都捨不得丟，家裡瓶瓶罐罐多的是，做環保正適合他們，他們走出家，走出封閉的人生，豐富自己年邁的餘年，為大地付出，為子孫留一個乾淨的空間。他們出來拾荒勝於閒坐家發悶或嘮叨。從中可活動筋骨，還能增廣視野，所以他們愈做愈健康，愈做愈快樂。

走到「環保拍賣處」，環保菩薩們將垃圾裡的棄物，經電匠和木匠的修理後，運作如舊，像電扇、電視機、熨斗、電爐、電瓶，一切家用品幾乎是應有盡有，每件都以一百元拍賣，這就是廢物再利用，減少垃圾。

「菲律賓之夜」告別式

今晚是簡單隆重的告別會，香積組特別準備廿幾道歐式自助素餐，道道色香味齊全，菜餚別說從未吃過，連看都沒看過。感恩香積菩薩給我們享用一頓別俱風味的歐式素食，大家捧著飽足的肚子前往慈大禮堂參加菲律賓之夜。

菲律賓之夜由菲華教師團和校長團合心協力地表演，有菲律賓民族舞蹈、服裝表演、手語、短劇與合唱。

來台之前，姚甘敏師姐通知要帶件菲禮服以便參加盛會。菲禮服大方漂亮，但容易起皺，所以我小心翼翼地夾進大毛巾裡以防長途跋涉皺成一團。那夜除了幾位表演者穿菲禮服，校長團只有邱秀敏、姚甘敏和我三位穿，無怪乎姚甘敏師姐一直嚷嚷：「我們被騙了！」

五六位老師表演菲律賓服裝秀，個個淡妝，美麗婀娜，我們三個穿菲禮服的竟被點上「粉墨登場」，還好本有上台表演的經驗，才不致慌張丟人現眼。反正這只是與其他地區的慈濟人歡聚快樂，確實是一個輕鬆愉快之夜。

四月十八日尋根結果

中山區溫馨茶會

清晨七點，我們坐巴士開往花蓮火車站，沿途再瀏覽綿延的中央山脈，一叢叢樹林，一畦畦綠地，慈濟大中小學校，靜思堂，慈濟醫院、靜思精舍，一一在我眼眸模糊地遠離，我眼眶濕濕地揮別這心靈故鄉，何時再重回妳溫馨的懷抱，安定自己尚飄浮的慈濟情。

三小時的火車抵達台北，我們直往中山區慈濟聯絡處用午齋，二點舉行溫馨茶會，由幾位台北師兄師姐做心得分享。多佩服師兄師姐們妙語解頤，這是我們最貧乏的語言技巧！同樣的菲分會師姐也上台表演手語，茶會中大家互相切磋，互相分享。感恩林美娥師姐（書畫家），順帶筆墨與紅白紙相疊的空白書籤，她當場書寫贈于我們作紀念。天下沒有不散的筵席，終於到了分開的時刻，揮手告別帶著滿滿的溫馨賦歸。

二〇〇四・八・三

典雅的靜思茶道

楔子

「茶，在中國稱為『國飲』，中華民族是最早也最懂得喝茶的民族，早在遠古時期，神農氏嚐百草的傳說中，就扮演著消暑、止渴、解毒、解熱的功能，由此可知，茶文化在中國人的生活中，已孕育了五千多年的歷史。

茶道，稱之為「道」表示它是有傳承，有文化，有規矩的，茶道是一門具體，實在的生活藝術，更是禮儀、情操、與心靈修養的表現。

靜思茶道，以寓教於樂的方式，透過茶道的學習，培養人文情操，規矩法度，潛移默化的長養清和之真氣，威儀之壯美。」

（摘自靜思茶道書本）

學習靜思茶道之心得

因緣際會，二〇〇六年年三月中旬，我作夢也沒想到，會是七位中的一位前往台灣慈濟學習茶道與花道兩門課，感恩前執行長林小正師姐，給我機會回心靈故鄉學習一技之長，這是有志不謀的我生活上的一大轉折呀！

為期三星期的課程，廿一天裡因為要追隨課程的安排，我們得花蓮、台北兩地跑，還好有迅速的捷運火車可乘搭，減輕了舟車勞頓之苦。在花蓮我們下榻精舍宿舍，在台北是住慈濟台北招待所，兩邊安單的地方都是睡大通鋪，雖有點不習慣，但是，我們同舟共濟的七位師姐，也許是受清涼的天氣和課後疲憊使然，每晚在閒聊中，總不知不覺地一個個先後呼呼入睡，南柯一夢中交響曲齊奏。廿一天的三餐茹素，是我平生茹素最長的一次，也是吃得最回味的一次，原來素食竟然可如葷食一樣有千變萬化的烹調法，很多食物是我未曾看到和吃過的。本高興廿一天的茹素，可讓身材窈窕婀娜，沒想到反而是體重增高胖著回家。這證實素食是一種健康食品。上人常提醒：不要把自己的肚子成為動物的墳地。

我向來只懂喝白開水和熱茶，很少喝汽水、果汁或其他飲料，所以茶與我是有很深的淵源，相信胃壁上是糊了一層厚厚的茶巴。雖是一位茶席的飲客，若問我與茶較有深度內涵的問題，那我可是一位「白痴」。

台灣慈濟於社區都設有教育推廣中心，辦有茶道、花道班、手語班、語言班、美術班、書法班、音樂班、瑜珈課等等。這些課程是提供慈濟人和社會人士在課餘、業餘時進修調養氣息，有益身心健康的休閒活動。

位於八德路的慈濟茶道教室，環境古樸幽雅，富涵中華傳統的人文風格。教室排有七、八座的小茶几，茶几上有小盆栽或小花瓶點綴著，使環境更顯優美，學員們禪坐蒲團，在暗淡柔和的燈光下，古典音樂輕輕奏響，杯杯香茶口裡嘗，凡塵俗事的煩惱都隨茶煙裊裊飄散，剎時感覺「不羨鴛鴦只羨茶軒」，內心的澄靜舒暢，該是天仙的夢境吧！

靜思茶道班是由幾位資深師姐來共同主持，她們身著鑲紅邊的深藍色旗袍；秀髮往後挽成髻（慈濟頭）；面上擦抹淡淡的慈濟面霜（微笑），清一色的妝扮，嫻淑高雅，給人一種美麗端莊、氣質非凡的感覺。

聆聽講師：李六秀、謝春美、以柔和聲色地講解茶的歷史、分析茶的品種、性質、功能，我由衷地敬佩她們對茶知識的專長和文學素養的造詣。除此，還得對慈濟志業、人文有深度的認識為底蘊，如此相輔相成構成一套「靜思茶道」。為師者文化學養得淵博，才能夠在眾多不同程度的學員中傳道、授業、解惑。

一場茶道的示範，得藉重多位種子老師來一齊展現，除茶道講師、茶人、茶侶外，也需要幾位備具、備茶、備點心，和清洗茶具的幕後工作者來互動，才能讓小壺泡的實務演練呈現禮儀之美，有齊全的茶器和開朗的心情下泡出壺壺香郁的茶湯。從演練中得知茶道中的茶德：以虔誠專一的心行茶；以恭敬誠懇的心奉茶；以感恩歡喜的心品茶。

俗語：「工欲善其事必先利其器」。成套的小壺茶法泡茶器有九種：茶壺、茶承、茶海、蓋置、茶則、茶匙、茶巾、煮水器、品茗杯等，得先熟練各茶器的應用法，才可演練泡茶功夫。泡好茶三要素即「茶量」、「水溫」、「時間」。有一點要提醒飲茶者，接到茶時，要先適度表示謝意，然後觀賞茶湯顏色、聞茶湯香氣、然後優雅的品茶湯滋味。若能展現三要素，那奉茶者可心知肚明，你是位有教養、是藝術、也是修養者。尚有一點要提醒的是，洗茶具不可以用清潔劑，要用鹽巴、檸檬精或醋來抹擦，再以滾水燙，這樣才能保持茶具的潔淨美澤和耐性。

以上是我在茶道教室裡，一次又一次的示範流程中的一點心得。俗語說：「內行看門道、外行看熱鬧」，我外行人初接觸茶道來說，是有囫圇吞棗之疑，感覺是有點倉促。雖經由講師、茶人、茶侶不厭其煩的示範講解，多少認識茶藝、鑑賞茶湯，在品茗賞茶中盪漾澎湃。啊！要訓練成一位靜思茶道種子教師談何容易，有待多用心學習研練，「玉不琢不成器」讓時間來灌溉種子茁壯發芽，願菲律賓慈濟能有茶道種子老師萌芽！

二〇〇六・七・廿五

學習真善美花道

「花卉是美的化身，從古至今，莫有不愛花、不惜花者；然而，中國最早的插花形式，則是來自佛教的「供花」；美麗的花卉總是雅俗共賞，所以佛教的寺院供花也漸漸傳至民間及文人階層，而蔚為風氣。

中國文人插花自唐宋興起，盛行於元明，講究重意境、不求形式的作風。宋朝人將插花、焚香、掛畫、點茶稱為四藝，成為一種生活藝術。千百年來，中國插花藝術就是人文文化的一環，不但融合了色彩與造型，更著重花卉草木的花香、花色、花品及花器等觀念：逐漸演變為今日的花道。

證嚴上人開示：「一花一世界，一葉一如來。」德普師父謹聆之後，茅塞頓開而落腳慈濟。此後親近上人日多，得蒙啟發愈多。及至捧讀「靜思語」，益覺上人法語，直如一句一盆花、一字一菩提。

花道實為生活之道，亦是修行的菩薩道。在慈濟世界，德普師父嘗試賦予傳統花道新的生命，並依循上人所開示，學佛應身體力行、普利眾生。以心中對「靜思語」的體會為基石，慈濟人文精神為經緯，將空間的和諧之美，融入花道的造形。並試圖將閱讀「靜思語」的心得，融入花道技巧的課堂講授之中。且將平日教學的講義與作品，彙集成冊，此為靜思花語之由來。亦為慈濟世界「真善美花道」的精神所在。」

簡（摘自「真善美花道」書冊）

真善美花道淺談

能有機會上花道課，是我一種新的嘗試。以往看過很多流派的花藝設計，心中好讚歎花匠的手藝。這次接觸到慈濟「真善美花藝」，感覺它與其他流派的不一樣，是它清麗淡雅中，蘊涵著慈濟人文氣氛，具足真善美的意境，使人百看不厭中陶冶心靈。花道講授中再融入靜思語，使學習者自我淨化，涵養性情，進而體驗領悟生命的意義，這也是慈濟人文教育的精神所在。

上花道課是每天從早上九點到下午五點，連星期天都得上，上花道課，都要呈交心得報告，和上台作心得分享，這對我們是一種壓力，也是一種挑戰。菲律賓一般的華人，念完中文，跨出校門，就以英文與本土語為重，幾乎跟漢字完全脫節，久而久之學了十幾年的漢字殘遭時間的沖淡抹煞，所以要寫一篇文章是比登天還難。看老師一面講課一面黑板上寫字，恍惚倒回當年課室朗朗書聲快樂無暇的日子裡，如今已是耳順之年，能有機會再當一次學生，可是慈濟因緣授予的福報，感恩。

帶著滿懷的好奇心來到慈濟大學的「人文教室」。古樸、清淨的課室環境，傳授花道、茶道、書畫、靜坐等多元化的文化課程。花道、茶道兩間教室相通，中間以一個小庭院隔開著，教室外面是寬敞走廊，從走廊可看到一片大草坪，好雅緻，可以說處處畫面皆文章，皆美善，身處此境，感覺神清氣爽，真有捨不得離去的情懷。

十來天的花道課，由專業的插花老師釋德普師父、陳秀蘭、李張玲月、魏滿子等老師來輪流教導。感恩平易近人的陳秀蘭老師每天的陪伴與教導，感恩她每天天一破曉就上花店採購不同的花材來供我們學習插花，美麗芬芳的奇葩異卉，引起我對插花的濃濃興趣，一雙未曾插過花的笨手也靈活地修剪組合，順照老師的指示，按照真善美花道的布局，插出盆盆瓶瓶生硬不宜的作品，但是經過老師的巧手修改後格顯和諧麗美。從中體悟到，插花藝術這門課是知易行難，要修練到能登堂入室，可要經歷一段相當的時間鍛練才能成器。

何謂插花——就是剪下花卉草木的一部分，重新組合成另一種形態，再創花卉生命的菁華。

真善美花道是以三主枝為骨架，是以七、五、三的比例來插作，三主枝之長度；「真」為花器寬之一倍半以上、「善」為真的3／4到2／3間、「美」為真的1／3左右，能夠按照基本法則，再加上輔助枝，但個人的涵養和技巧有助於花型的精緻和格調之美。

花、枝、葉是插花時的主要素材，但是沒有基本的花器和工具，再美的素材是無法站住腳的。通常依所插作的花材來選擇花器，有了花器，就要靠劍山來固定插作在花器中的花材。花器的材料是琳瑯滿目，但以造形簡潔，色彩單純為佳。水是萬物之源，更是花卉草木的生命泉源，一盆花要經常換水，才能持久和保鮮，當然日光與空氣也是維持生命力的主要養份。

真善美花型種類包括：庭園之美、靜寂之美、清雅之美、夢幻之美、靜觀之美、空性之美等六種，六種的花型各再分為直態、斜態、垂態之別。造型各異的花型有其各自之美態，特質和風韻，常聽：「一花一世界，一葉一如來」之言，所以很難斷定那一種花型最美，這要看個人修養的欣賞角度而論。美麗的插花作品，非但可供別人觀賞，自己更是陶醉其中；插花不僅能美化生活環境，還能在插花中培養審美觀及提升精神生活層次。

花道是門深奧的學問，不是一個只學十來天的我所能暢談的，拙文只是片面之言，只是我小小心得而已。

摘釋德普師父編著《真善美花道》書本裡上人序文的一段文字：「期望花道能結合宗教精神，融入生活中，沉靜心靈，培養愛惜萬事萬物及感恩的情操。宇宙萬物皆有本能、良能，一枝草、一朵花，都有無聲說法的功能。有時候，藝術美之極致登峰造極，往往超越了語言，啟發出內心最根本的愛。」

茶、花藝小小展現

慈濟已邁入四十年了，四十年的路程是上人以血、汗、淚堅毅地挺過風風雨雨，坎坎坷坷，才有如今寬闊的康莊大路行菩薩道。四十而不惑，四十年累積的經驗，成就慈濟巍然卓立，相信在上人的帶領下，慈濟志業將恆持地傳承，大愛的綿延使地球村充滿盎然生機。

以往，每年的周年慶，全球慈濟人都會回到「心靈故鄉」，與上人共渡周年慶，今年上人要全球各分會就地活動，邀請民眾參與慶典，藉此廣召更多人間菩薩，使慈濟志業不斷循環。

菲律賓分會也不例外，於志業園區舉辦四十周年系列活動，包括：浴佛典禮，慈濟四十周年靜態展開幕式、人文講座、花道、茶道成果展，手語教學，靜思團康，靜思文物推廣等。

靜態影像紀錄展覽的場地頗大，需要許多花木或裝飾品來填空來點綴，人文講座與花道、茶道同一場合舉行，為了使莊嚴的環境增添柔和美色，也為了給我們回台學茶、花道的師姐有機會展現一手，於是，只懂皮毛的我們竟膽大地預備插花的前序工作。菲律賓的氣候是「晴時多雲偶陣雨」，為了採購花材，冒著炎陽天汗淋淋地在郊市購買大盆花卉草木，也撐傘走在細雨綿綿的花圃尋覓合適的花材。展覽的前夕，佈置場地後，我們憑著潛意識的花型和按照「真善美花道」的布局，插出三十幾盆形狀不一的花盆。花道成果展在外行人看熱鬧的心情下，對五花八門的盆花聲聲「好漂亮，好美麗」的讚語，我們心照不宣的同時，竊竊自喜。可，在內行人的眼裡，可看出盆花的瑕疵與不足，他們不動聲色以微笑給我們鼓勵。

靜思茶道的小壺泡演練是由林小正師姐領導陳淑芬、王成芳兩位師姐當茶人，師姐娟秀的小手在茶器上優雅地流動，泡出一壺壺一杯杯的香茗，由幾位師姐奉茶與參觀的來賓品茗，來賓一面品茶，一面賞花，安祥的儀態似乎調適了心中的煩躁與壓力。

茶香、花香裊裊飄散，憶念那古樸幽雅的教室，和淑雅素養，諄諄教導的老師，有待他日再向種子老師學習，好讓我有所升華，有所奉獻。

二〇〇六．八．一

歡渡三節合一慶典

浴佛儀式之緣由

二千五百年前，農曆四月八日，悉達多太子在尼泊爾國境的藍毗尼園的無憂樹下誕生，祂也就是釋迦牟尼佛，傳說佛陀誕生後，一手指天，一手指地，隨即有兩股水從天瀉下，沐浴在佛陀身上，後來，佛教徒每年慶祝佛陀誕辰就沿用此例，舉行浴佛儀式。

佛陀成年後，眼見人世間的悲歡離合，生離死別，乃至於社會貧富賤落差，心中困惑日增，為了尋找解答，祂遂出家求道，覺悟成佛，為渾沌的暗夜注入光明，為迷濛的人心開啟本具的平等智慧與清淨本性。佛法傳入中國以來，於佛誕日舉辦浴佛儀式，紀念世尊降生的殊勝因緣。

浴佛的傳統單純儀式已隨時代的進展演變，逐漸失去正宗的浴佛規儀。世界各國的佛教，因國風民俗的差異，浴佛儀式深受當地國本土化的影響，如今浴佛儀式不只單式香湯灌沐禮，常添上其他節日合在一起慶祝。

台灣慈濟總會歡慶佛誕日

佛教慈濟基金會，已於五月十三日舉辦佛誕日，母親節和全球慈濟日三節合一的慶典。三節合一有三層意義，教導我們要感念三寶恩、父母恩、和眾生恩。台灣慈濟總會浴佛典禮設於中正紀念館，數萬會眾和市民虔誠地參與這義意非凡的節日，如法如儀的壯觀場面，說明四十年越過的腳步沒有白走。

今年證嚴上人以「回歸竹筒歲月，樹立慈濟新年輪」為主題。慈濟能有今天，得感恩早年為籌基金，克難做撲滿的三十位家庭婦女的的勤儉精神。當年叮咚小銅錢，促成今日數間醫院和學院的聳立，甚至跨步國際救眾生，弘揚慈濟宗門。從電視上看到淚中帶笑的上人。她何等的欣慰感恩能如願地帶領眾生走菩薩道，上人日日為拯救地球，祥和世界而操勞，她一個弱小出家人活出有價值的生命！

慈濟菲分會與全球同步慶祝

慈濟菲分會也不例外，於是日與全球五大洲廿三國一百廿四個點的慈濟人同步慶祝三合一慶典。上人鼓勵海外慈濟把慈濟法門本土化，於是我們於園區辦了兩場的浴佛儀式，早上專邀華人參與，下午給菲律賓市民參與認識佛教。

幾天來，天氣無常，經常於午後下雨，害得浴佛台無法好好擺設，因此延到星期六弄到深夜才告完竣。翌日，太陽高照，薰得我們滿面通紅，雖是汗流浹背，總比淋成落湯雞來的好。上午的浴佛禮就在炎陽天下完成。中午過後，大家累得想坐下歇息，突然「晴時多雲偶陣雨」，大家憂心忡忡虔誠祈禱，真的是諸天神佛來相助，雨水緩緩收斂，天空又大放光明，志工們匆忙拿布塊擦抹被雨水淋透的排排椅子，感謝天，雨過天晴，下午的浴佛大典在擔心的心態中順利地完成。

統計浴佛的會眾約有一千八百人，慈濟志工二百八十人，兩千人的步履和噪音，給廣闊的園區增添了法喜與活力，人心的響應是慈濟人最大的安慰和鼓勵。

籌備佛誕節的前夕工作，是有夠繁瑣，各組功能幹事真的忙的團團轉，忙中有錯，錯中有改，改中得智慧。清理四公頃大的園區，福田志工的辛勞是第一大功臣，為求精求美，從清掃、佈置、策劃、開會、宣傳、排練到展現，無不是志工們喜捨時間和精神，點點汗水愛灑的成果。

慈濟菲分會二百多位志工於清晨六點開始陸續報到，男眾著淺藍上衣西裝褲，女眾委員著旗袍；尚有培訓中的穿藍、灰上衣白長褲，好整齊好莊嚴嫻雅的制服，充份表現了慈濟人樸實柔和的精神，亦顯現中華民族禮義之邦的典雅。

大圓形的浴佛台置放在露天籃球場中央，浴佛台淺凹處香湯暢流，菩提葉，小白菊花，隨意浮游在水霧中，沿周布滿素雅花飾，香花綠葉中有十四尊琉璃宇宙大覺者佛像面向八面，環繞著的蓮花燈燭熠熠生輝。或許，這座浴佛台的模型在菲律賓是空前最大、最素雅，別樹一幟的傑作。

清晨七點半，浴佛典禮在太陽普照下進行。慈濟志工在浴佛台前分站十六線，第一線由十六位慈誠捧燈燭和香湯，第二線由委員師姐捧花香，從第三線下去按程序排站：委員、培訓、見習、慈青、會眾，一圈一圈環繞著浴佛台，從高處往下看，猶似一輪光芒四射的太陽。

莊嚴的流程由司儀做開場白，聽上人開示後，向佛陀行三問訊，唱誦讚佛偈：「天上天下無如佛，十方世界亦無比，世間所有我盡見，一切無有如佛者」。浴佛儀式開始，大家按音樂的拍子，照司儀的口號，依序一排排地上前移進，供燈燭、供香湯、供花香、禮佛足、祝福吉祥（轉身離開），直走領取一張菩提葉形的祝福卡，再回歸座位，全場會眾輪流浴佛完畢，捧花委員將花盤放置桌上，合掌出班。最後全體唱頌浴佛偈：「我今禮頌諸如來，淨智莊嚴功德海、五濁眾生令離垢、同證如來淨法身」。唱完再虔誠祈禱，祈禱天下無災無難，歲歲平安……。衷心讚揚志工們攜手相助，使慶典充分呈現了慈濟人文之美，整齊、莊嚴與隆重，留下了不可磨滅的一頁。

浴佛在於啟發人人的愛心，虔敬無罣礙，致心地光明而清潔。但願清淨的智慧水，能洗除五濁惡世眾生煩惱塵垢，與佛陀一樣證得清淨無染的法身。

二〇〇七・五・二十九

「清淨、大愛、無量義」音樂手語劇

引言

「『清淨、大愛、無量義』是以佛教經典中的『無量義經』為整個演繹的主軸，透過臺上的經書設計，結合音樂歌曲及演員戲劇手語肢體的展現，配與影片、燈光、音響、等多媒體的方式呈現。」

演員選拔

音樂手語劇《清淨大愛無量義》連續三場的演出，終於在慈濟人的心靈堡壘「靜思堂」成功的落幕了。世間事恍如雲煙掠過，「無量義經」的音樂手語劇留下的掠影，相信在觀眾的心目中是享用了一席「心靈饗宴」。

去年十二月，蔡執行長正式宣佈明年三月底「靜思堂」啟用的同時，要公演三場音樂手語劇《無量義經》，這好信息，帶給師兄師姐們是又喜又慌，喜的是能有機會走入經藏裡，慌的是這部深奧的經書戲得動用百位慈濟人上演，我們有能力嗎？這是一個大挑戰！

日子在聖誕節歡騰的氣氛中渡過，新年元月就在毫無準備下消耗掉。

二月天蒞臨，上人「來不及了」的警語像播音筒地響入每個人的耳朵，酣眠中的我們才甦醒才積極行動。合心組開始調動所有委員、慈誠、慈青、志工、人醫會、教聯會、榮董、護持大德等義務演出。

選出的百位演員中有慈濟志工、醫生、護士、老師、榮董、台商、公司職員、大老板、企業家、宗教家——等等。這些社會的佼佼者，都有各自的職業要擔當，所以排練時都無法齊全，這是舞臺戲最忌諱的一件事。奈何！督導人也只能苦等乾焦急。

練習的困境

整個二月，演員都零零散散，長長短短地報到練習，難度最高的是手語隊，得表現整齊美，得把歌詞背熟透過手語表達詞意。許多手語演員甭說是沒看過，甚至連聽都沒聽過，所以老師教起來是特別的困難。還有一難的是，醫生、護士多位是菲律賓人，華人醫師雖讀過中文，但因身處英語和土語的環境，「漢字」在他們腦海中早已被外語沖淡，何況是那麼深奧的經書辭句更是難懂，有位醫生說：「手語比我開刀更難」。再一困難的是演員以中老年為多，記憶力衰退的同時，是四肢不靈活，表演中需要「跪」姿，就有許多人打退堂鼓。

二月中旬，臺灣《無量義經》的編導慈悅師姐蒞臨二天。嚴厲的她不苟言笑地辛苦教導，看到緩和散慢的我們，愛來不來的態度，怪不得她會氣憤聲大，俗語：「皇帝不急，急死太監」。慈悅師姐是商場翹楚，她耳聰目明，智力強。在慈濟編導過數場音樂劇，去年，此齣音樂手語劇曾在臺灣全省開演四十幾場，吸引十幾萬人前往觀賞，可說獲得了巨大的成功。菲律賓華裔中文程度低劣，無法領略經書法語，自然無法投入，甚至提不起興趣，所以慈悅師姐教起來會比台灣的辛苦百倍，她猶似處在「秀才遇到兵，有理講不清」的困境裡。兩天來 她不停歇地教導指引，把經藏深入簡出的講解，把演員應注意的細節全託付好，再交與音樂手語劇ＤＶＤ給我們效仿，臨走時「拜託」兩字寫在她臉上，她萬般放不下的回台灣。回想我們帶給她的煩惱、傷心、氣憤實感愧疚。

慈悅師姐走後，演員們在負責人的督促下切實下了功夫練習、尤其是安排表演手語的師兄師姐們日夜不停地練習，而演劇者因為是個人的戲路和感情的表現，可按照臺灣本的「清淨、大愛、無量義」的DVD來自我練習。總而言之，這齣音樂劇，不是一般的話劇，非得慈濟人來導演不可，因此一個多月來大家只是把自己的角色練好，把經文唸誦熟悉，雖是似懂非懂，至少有個概念在心頭。所以在慈悅師姐未來之前，我們是零零散散，一盤散沙似地排練。

台灣編導督教排練

大愛電視台和音樂劇的工作人員在演出的前七天先駕臨「靜思堂」，他們把帶來的大量道具、燈光、布幕陳設安置好，再試用幾天才鬆懈心安。慈悅師姐在公演前五天，風塵僕僕地回來指導，一盤散沙的我們才真正的凝聚，才有秩序，才有方向。她不只操心排練，還得巡察督促表演的舞台場地。非常抱歉的是，排練時我們依然是我行我素，演技無法達到她的要求，見到她聲淚俱下，大家恍然大悟，她別無他途，只希望我們能用菩薩心行真實義，演出撼動人心，轟動全菲，甚至能勝於台灣，這樣才不辜負　上人所期待的透過音樂手語劇的演繹，讓觀眾領受佛法之奧妙，深獲法益。何況菲律賓是台灣以外，國際間第一場演出，續菲律賓是新加坡將於五月公演，上人的心意盡可能把《無量義經》音樂手語劇在更多的舞台呈現，藉此啟發人心善念，弘揚清淨大愛，廣傳佛法真實義於世間。

兩天日夜彩排的過程確實是汗淚水沾背，導演聲嘶力竭喊啞了嗓音。有付出就有收穫，大家的多用心，分秒不空過的練習，本是昏沌的劇情出現了明顯的輪廓，「磨杵成針」在我們身上驗證了，木棒成器，大家信心勇氣十足在舞台上進出如流，務必成功在心裏吶喊著，當看到觀眾專注的神態，和如雷不絕的掌聲，壓在胸襟的大石頭才落下，最鼓舞的是慈悅師姐臉上綻放的笑容，那是她幾天來繃著臉譜鬆懈後一張最美麗的笑容。

「分秒不空過」是上人對慈濟人的勉勵和期許。這理念切實紮根在每一位慈濟人的心海中，且看：有位師姐在家練習，連走路都在練，練呀練，跌下樓梯才清醒，最感動的是她竟然吊著脖子拐著腳來練習；為要達到手語的準、美，齊，他們一有空閒無論身處何地都在比劃，走路、站著、坐著、用餐、如廁、躺著、連睡夢中都在舉手投足；又有位師姐，在演出前最緊張的關頭，父親往生了，她一聲不響，照舊來練習，為得是不妨礙整個練習的過程，到謝幕後，她為要慈濟給父親助念才揭曉；再看後台的白袍大醫王和西裝筆挺的蔡大使聰妙，他們好緊張坐立不安地一直在練手語；最佩服的是那些看不懂漢字的醫生、護士和菲人職工，手拿著印有拼音和翻譯的白紙不停的練習，他們的用心，為的是不因自己的錯失影響到整個團隊。寫不盡為《無量義經》付出的人事物，「丹心一片」是慈濟人的寫照。

幕後功臣

台上演出的成功，是幕後功臣與台下各功能組的配合和扶持，使整個戲劇運作流暢順序。最難思議的是「女人當男人用」，台後拉攏四層紗帘的是台灣四位手語和茶道老師，她們娟娟秀手竟有力霸的手腕，這工作是不可掉以輕心的，一拉錯紗帘，整個演出就陷入錯綜雜亂。更感恩香積菩薩，一星期來「滿素全席」的供應三百多人的三餐與飲料，這是功不可抹的事蹟，知道他們睡眠不足，呆在廚房掌大廚，汗流浹背的同時，腰酸背痛、手麻腳腫、忍受燙傷、割傷之痛地撐到最後一分鐘，他們的辛苦是台上百人演員無可分擔的，只能衷心鞠躬感恩你們的辛苦，謹以「豐功偉績」相贈。

心靈饗宴

三場演出謝幕後，用過晚餐，編導慈悅師姐和同來的師兄師姐特別安排一場溫馨的「心靈饗宴」。搬走千餘張的椅子，擺上十幾抬小圓桌，蘋果綠的桌布由芬芳的小花和水果盤點綴，把本來熱烘烘的大禮堂變成悠靜的小聚會，幾天來的緊張和忙碌乍然消失在羅曼蒂克的氛圍裏。台上的慈悅師姐輕言細語地致歉的同時，給我們鼓勵和讚揚，其實向她致歉和感激的是我們。「玉不琢，不成器」有她這麼一位嚴正細緻的雕刻匠，才能把每一塊頑石磨的圓滑晶瑩剔透。「心靈饗宴」的節目純由台灣師兄師姐表演，師兄拉小提琴的弦樂優美繚樑，像「飛天」飄然旋繞；師姐柔美動人的手語，涵養親和，令人靜思，我默默地欣賞感受手畫的詩意，那是心靈沉澱最寧靜的剎那。「心靈饗宴」的主軸戲是心得分享，多位醫生以英語分享，有位醫生淚游眼眶的分享：「我很抱歉因為父親的往生，不得不在靈柩守靈，因此缺序幾次。他心感愧疚自己身為醫生，確救不了病危的父親。不過這次能有機會演無量義經的『德行品』，使我了解人格亦是品格，我應改變壞習氣和執著，當一位『良醫』。」

「大醫王，分別病相，曉了藥性，隨病授藥。大船師，運載群生，渡生死河，置涅槃岸。」好刻骨銘心的經辭。

「心靈響宴」在音樂家殷正洋師兄的一首慈濟歌「感恩」結束，宏亮幽美的歌聲沉澱了身心疲憊的我們，我心追尋著那雅典酣靜的道場。幾天的相處的揣摩是法親更親的無量法門。

感恩上人這四十二年來帶領所有的弟子走入無量義經的世界。

「吾等弟子當謹記，敬請　上人莫憂慮。」

二〇〇八・四

「音韻飄揚抱蒼生」音樂會

義演前夕外一章

四月份得知以色列國寶級聲樂家大衛·迪歐（David D' or）要來慈濟菲分會義演，這信息使我高興得朝思暮想地期盼他的到來。我不認識這位風靡歌壇的大衛，或許是以色列國離菲律賓太遠，或許是我孤陋寡聞。第一次知道大衛，是從「慈濟月刊」讀到大衛拜見證嚴法師的報導，也感恩楊碧芬師姐去年贈予一張大衛演唱的光碟，讓我聆聽到他柔和優美的嗓音和旋律，它在我困倦時抒解我的情緒，所以能見到他是我的夢寐以求。

大衛·迪歐畢業於以色列耶路撒冷（Jerusalem）音樂學院，二〇〇四年榮獲歐洲歌唱大賽首獎，曾數度受梵蒂岡教皇邀請獻唱而聲名大噪。他唱民族歌曲、藝術歌曲和聖歌為主。

五月廿八日晚上，不只聽到我耳熟的聲音，帥氣的他是活生生地站在我眼前，甚至握手問好，我的夢寐以求不是泡影，是夢已成真。當天，楊碧芬師姐在她府上設歡迎宴，並邀請多位菲律賓媒體界的朋友，貴賓中有出名的建築師巴拉弗仕（Mr. Felino Palafox, Jr.），同時，所有「法香小聚」的師兄師姐也沾光出席。

是晚，沒有濃妝豔抹，大家身著慈濟制服「藍天白雲」赴宴。晚到的主賓大衛比光碟的照片更年青更英俊，無怪賓客們蠢蠢欲動，忙著與大衛拍照留念，現場熱絡親切，有一家人的溫馨氣氛。

賓客享用素食自助餐後，餘興節目由英語一極棒的施映如師姐主持。首先上台的是從三寶顏來的師兄楊偉順，他分享三寶顏的義肢和眼科醫療中心，對當地殘障者的幫忙是何其大，缺腿者穿上義肢踏實地走路、開白內障者重見光明，病患們受惠後的美麗笑容，是醫生最大的安慰，也讓證嚴上人讚嘆。

建築師巴拉弗仕分享：「二〇〇三年十二月二十六日，伊朗高原的八姆省（Bam Iran）發生大地震，全省八十%的建築物被震毀，死亡人數高達四萬人。上人及時派人到災區勘察，慈濟在災民最黯淡、無助的時刻，伸出援手，令災民感激涕零，上人甚至許下為災民建「女生學校」的諾言，也就是建學校，我與慈濟結下了深厚之緣。慈濟菲分會聘請我參與學校工程設計，結果在各國眾多的設計師呈交的藍圖中，上人竟鍾情於我的設計。竟因機緣，我認識了慈濟，我被上人救苦救難的菩薩心所感動，竟情不自禁地誇下大口免費給學校設計，金錢是身外物，我賺到的是心靈的清淨」。沒想到上人「濟貧教富」的教理，竟影響晉居世界前百位銜頭的建築師，他應是「富中之富」的典範。

接著Cook雜誌總編輯南西（Nancy Lumen）很幽默地分享她與慈濟的一段因緣，她說：「我只是半個慈濟人，希望日後在上人的感召下，能成為真正的慈濟人」。笑聲與掌聲震響在綠油油的園圃裏。

壓軸戲是大衛．迪歐分享與慈濟的因緣後，緊接著，他在現場鋼琴伴奏下，高歌一曲由楊碧芬師姐英譯的慈濟歌〈無量義經序曲〉。潤厚嘹亮的歌聲，聽得大家如癡如醉，他只唱一首，我們雖聽得不過癮，但也不敢有貪心的多有請求，因為他在菲還要演唱三場，留待「慈濟」義演再滿足耳欲吧！

最後慈濟手語隊以一首〈普天三無〉帶動全場來賓比手語，手語給外賓對慈濟人文多一層認識，散會前貴賓與慈濟百餘人拍照留為記念。

何時何日能再次蹲坐在這綠意盎然的花園享受悠美的歌聲！人生能有此段回憶，何嘗不也是一種幸福。

天籟美聲迴繞「靜思堂」

典雅莊嚴的「靜思堂」，似乎不同往日，本是簡樸的舞臺，此時鋼鐵架高高矗立，鐵樑上懸掛著各色各樣五彩繽紛的鎂光燈，四面八方聳立著大型的音響系統，一種現代格調的舞臺佈置洋洋呈現，這是為配合以色列國寶級聲樂家大衛．迪歐（David D'or）義演所籌備的。整個廳堂擺滿了八十六桌圓桌，桌桌以藍桌布垂罩，桌上的竹子墊擺放著蠟燭臺和朵朵蘭花相互輝映，很有慈濟人文，與很西洋的舞臺結合一體，相輔相成。

大衛．迪歐不只是聲樂家，他同時是作曲家和對彈奏樂器很有天賦。二〇〇六年起，數次接受慈濟邀請在臺灣、美國、日本及中國的各慈濟分會數場慈善歌唱晚會演出，均獲得好評。去年他與其夫人皈依證嚴上人，上人賜予法號「濟明」及「慈亮」，是上人在以色列的第一、二位種子，他以其歌聲及知名度在電視上傳達慈濟精神理念，以自度度人，祈求天下無災無難。

觀眾先後駕臨，由身著藍色旗袍的委員引領入席，大堂座無虛席，貴賓有以色列駐菲大使、泰國外交官、臺灣駐菲辦事處張國瑋組長夫婦，以及中菲媒體界人士。

震耳的敲鑼打鼓聲響起，六人樂隊各操拿手樂器，轟隆隆，熱滾滾的大堂氣氛不亞於菲律賓藝人的演唱會。

演奏開場後，全身黑色配搭白襯衫的大衛笑盈盈瀟灑地上台，觀眾掌聲如雷地歡迎他，他鞠躬致辭後開始演唱，他一口氣唱了十幾首歌，中間沒有休息，每一首歌悅耳動聽，曲風多變，有纏綿、曲折、激昂、柔和⋯⋯。其中有幾首，他以高昂、中庸、低沉、稍緩表現，純淨嘹亮的歌聲博得聽眾滿堂彩，掌聲辟哩啪啦地拍個不停，真佩服他的中氣十足，音量潤厚可致高又持久。

英俊的他，有一份不落俗套的炫人氣質，他掌握著歌唱者應有的三種技巧：氣息控制、音調準確、歌唱母音，再加上自己獨特的風格，聽得觀眾舒筋活血。當然，唱得好，也要有好的樂隊和好的音響來配合。他和樂隊默契無間，二小時的節目，沒有半點的脫節，看，樂手們調動著身體上的每個細胞，手腳並用地敲打吹彈，每一個音符都跳躍著，這便是現代的旋律吧！

現代旋律，不只是年青人的專利，看全場老中青舉手投足的歡樂氣氛，尤以幾首大家熟悉的老歌，如：Phantom of the opera、Somewhere over the rainbow、Killing me softly、Hava nagila等，唱得令聽者與之共鳴。還有當他唱起由楊碧芬師姐英譯的慈濟歌〈無量義經序曲〉時，竟能把中國古典音調以洋腔表現，卻保持著不失原味的功力，從這聽證他在音樂上的造詣已到巔峰。他很懂得掌握觀眾的情緒，時而要觀眾隨拍子拍手，時而請觀眾唱幾句，主導著演唱會不落冷場，唱最後一首快拍子的Hava Nagila時，觀眾禁不住地拍手、唱歌、還手舞足蹈，甚至手拉手圍圓圈地跳繞著，臺上臺下的共鳴燃起音樂無國際的情誼。

最後以一首「祈禱」為義演的終曲，David D'or臨時興起，邀請幾位幕後工作者一起上臺，一起祈禱。他虔誠地唱著英譯的首段，唱呀唱，突然把麥克風轉向站在身旁的鄭蓓蘭師姐接唱中文版，對這突如其來的隨性，不知情的人還以為是事先安排的，還好師姐記性好，歌喉也不錯，唱了一小段，再轉回主唱人。一首「祈禱」在優雅的歌聲中穩穩落幕，留給觀眾是美麗的旋律在耳畔迴響，真的，大家享受了一場豐盛的音樂大餐。

感恩大衛．迪歐為慈濟菲分會扶貧濟困籌到部份款項，將來「夢鄉村」大愛屋奠基落成，他在慈善音樂會灑下的汗水將與水泥混合，永遠矗立在菲律賓的領土上。

二〇〇九．六．廿三

慈濟外一章

垃圾山地獄

活過半世紀以上，看過也聽過稀奇古怪的事已不知其數，危樓坍塌，牆壁或大樹倒塌已是常事，但垃圾山坍塌卻是奇聞，這件荒謬事發生在菲國二〇〇〇年七月十日上午，於計順市巴亞沓示（Payatas）垃圾填埋場。

俗語；「臭氣傳千里」，這可恥的悲痛事，一陣怪風似地掀起菲國的布簾給人窺見，「垃圾山坍塌壓死百餘人」的頭條新聞閃電般傳遍世界各角落，報紙上、電視上無不報導此罕見有關垃圾的慘劇，幀幀照片呈現黑壓壓的垃圾山傾圯得一塌糊塗，視覺霎時影響嗅覺，彷彿嗅到陣陣垃圾的腐臭味。

我開車有一個習慣，必定收聽新聞報導，收音機的消息是比其他的媒體快，聽到這震憾人心報告的剎那，廣播員播報「……垃圾山倒塌，多羞恥，多羞恥……」，廣播員感應最敏銳，她知道這將成為世界上的一件黑色笑話。我是土生土長的入籍華裔，祖國強盛黃皮膚黑頭髮的我心感榮耀，但是我的出生地才是我的家鄉，它的災難對我更具切膚之痛。

收音機傳來悽惻的哭泣聲，有位孕婦，在醫院守著被垃圾壓死的丈夫號啕地喊著：「我的兒子呢？把我的兒子還給我！」她三歲大的兒子被救援人員從垃圾堆裏救走，當時情況混亂危急，來不及再等親人認領，救起的人就全部送上救護車運走，她不知道兒子被送到那一間醫院，可憐的孕婦，喪夫失子，家破人亡的慘痛，弄得神志不清的直喊著：「我的兒子呢？」

女拾荒者心慌意亂的向駕駛推土機的營救人員喊著：「不要開動推土機，你會傷害到我的親人，用鏟子，只能用鏟子挖。」

從電視螢幕上看到訪問一位蹲在地上的災民：「你住在這裡嗎？」災民：「是，從黑髮住到白髮。」問：「你對這地方有何感想？」災民愣了一會說：「這裡是人間地獄，夏季熱如火坑，雨季屋漏水漲溝臭，但是世界之大卻沒有我的容身之地，我只好在這地獄裡拾撿可賣的東西以謀生。」

兩個颱風聯袂一起摧殘菲國，一星期的暴雨侵蝕下，使積高的垃圾山受浸鬆動崩塌，造成一大片的棚屋被掩埋，百餘人死亡，上千人無家可歸，更悲慘的是萬噸的垃圾崩塌壓斷電線和媒氣泄漏引起火災，挖出來的屍體，不只是被壓死，被臭氣窒息，還被火焚繞。

貧困災民，一生與垃圾為伍，他們何尚不想遠離這塊不是人住的髒地，但謀生的機會渺小艱難，命運安排他們的衣食要在髒臭的垃圾裡尋找，他們生於斯，死於斯。

菲國的垃圾隨著人口的膨脹而膨脹，幾乎是地層上蔓延的疥瘡。政府無能力採用科技處理問題，只能以最原始的堆積掩埋方法，在郊區找一塊空地來傾倒，等堆滿了再找另外一塊來堆積。菲國垃圾數量的龐大，總有一天會埋到無地可埋，青山翠谷盡成廢墟，成為真正的垃圾國。

記得曾經發生一件從日本運進幾大貨櫃的醫療垃圾的事件，垃圾綑綁得四方整齊，像一包包的禮物，只差沒有用花紙緞帶包裹。是否日本以雪中送炭的慈悲心贈給菲國的拾荒者多賺些垃圾錢？先進國家深恐他們「有毒的垃圾」污染自己的水源土壤，就把貧窮的鄰國當作垃圾場亂拋亂擲，這施捨對菲國是莫大的侮辱和諷刺，難道菲國還嫌垃圾不夠多，還雙手接受外來的垃圾施捨。

巴亞沓示垃圾山久久前已宣佈為「危險區」，政府曾下令居民搬遷，但靠拾荒為生的貧民，要遷到那裡？以垃圾區為家為鄉的他們不捨得也無能力離開這「家園」。現實是無情的，書讀得不多的他們，要謀求一職談何容易，奈何！他們不得不日日活在所謂的「希望之地」拾荒，髒臭的垃圾地住慣了，久而不聞其臭。

拾荒不但能維持一家人的生活，也有功於落實「環境保護」和「廢物再利用」。台灣佛教慈濟基金會志工長期在推動「資源回收」，一九九八年回收的紙量為例，如果以製造五十公斤的紙，需要砍伐一棵樹齡二十年的大樹來計算，該年度慈濟環保志工回收的紙量，可以拯救八十萬七千一百棵大樹免遭砍伐。除回收廢紙外，還有塑膠類、橡皮料、玻璃瓶、空罐子、破銅爛鐵……，種種的資源回收，不但使垃圾變成黃金，而且做到垃圾減量，拯救地球。

菲國民是窮是富都自由慣了，懶散習性，像前陣子官方下令垃圾分色裝袋，就是實踐垃圾分類，推展「垃圾減量」和「資源回收」的用意，可是空雷無雨，國民仍放浪形骸亂拋亂擲，菲國人需要一番教育，令其有環保的意識，愛山、愛海、愛大地，才能衷心自動自發保護環境。

幾天來救援隊日夜不停的營救，發掘更多的屍體。但是，禍不單行，大颱風過後，小颱風急遽跟進，連日細雨綿綿，影響到營救的工作，相信尚有未知數的拾荒者含冤土墩，但願還有僥倖者生還。

現在上千人面臨著無家可歸的嚴重問題，這片人稱「希望之地」的社區，政府下的驅逐令，居民當作耳邊風，死也不放棄這塊生活來源的福地，而政府又不敢使下鐵腕驅逐，深怕惹起公憤引來糾紛。天災人禍的慘劇誰之過？

可憐的無殼蝸牛，光裸裸地再爬行、再築巢，何時、何年才有他們自己的安樂窩？

二〇〇〇．七．十八

洪葛水庫裡的現代原始人

我是生活在水泥森林裡的都市人，每天放眼就是人煙密集、車水馬龍、喧嘩嘈雜的市景；最嚴重的是塵埃飛揚、臭氣熏天的空氣，這對有鼻竇炎的我是一大忌諱。所以，一有機會可遠離這污穢不堪的環境，我必然爭取，換個清澈新鮮的氣宇來善待自己。

二○○九年一月四日，我跟隨一群朋友到武拉干市（Bulacan）的洪葛水庫（Angat Dam）做慈善物資發放。

洪葛水庫，是菲律賓數大水庫之一，它四面環山，從車廂往下看，鬱蓊蒼翠，寬宏深邃猶如明鏡靜臥在青翠空谷中，清澈無染的碧水，減輕了我對自來水來源的顧慮，相信滴滴水是清甘可口。

一年一次的土著發放，是鮮為人知的一項慈善活動，它是經過菲政府許可的，固定於每年的一月份的第一個星期天舉行。這延續幾十年的活動有一則戲劇性的感人故事。據說：早年，日軍佔領菲律賓，民不聊生，因故，有愛國愛民抵抗日軍的游擊隊產生。亞黎和．仙道士將軍（Gen. Alejo Santos）就是當時菲國防部長的秘書，他與日軍對峙時，不幸被槍林彈雨擊傷，逃入山林中隱藏，後被土人發現拯救。仙道示將軍對土著的救命之恩銘記在心，太平後，為報答土著，經常私運糧食救濟。長年的義舉，演變成每年一月份的第一個星期天的早上為發放日，幾十年如一日，每逢此日，土著必攜家帶眷提早幾天從不同的山地部落下來到約定地帶集合，這義舉延續到老仙道示病重往生，再傳承給兒子黎尼・仙道示醫生（Dr. Rene Santos），黎尼曾擔任菲醫協會的副會長，他繼承父志到六十幾歲病逝，再由其妻兒接手，他們家族堅持地走先人的路，在菲律賓史冊上留下輝煌感人的一頁。

一年一次的發放，是開放給愛心人士和慈善團體一起捐獻物品，大家與土著共襄盛舉。相信愛心人士的點滴奉獻，將是這些與世無爭憨直山地人的莫大恩惠，希望這世代的約定不只是綿延甚至於發揚光大。

發放之日，一早，我們十幾人先後抵達集合地，看到大量的救濟品如：綿被、大米、水桶、水舀子、碗、盤、杯、雨傘、衣服……等等，已卸在人行道上，等候軍方的大卡車來運載，沒有軍方人員和通行證，是無法進入水庫地區的，因為是國家水庫，政府嚴厲管制，以防不良分子乘機破壞。

近千戶的救濟品，數目可觀，金額由我們十幾人來分攤，俗話說：「人逢喜事精神爽」，這句話正是我們的心情寫照，大家喜笑顏開、神采奕奕地等待出發。

九點正，我們的三部大型的麵包車，緊隨在開路的摩托車和軍方的大卡車後面，因是假日，車一路順暢地奔馳，不幸，半路竟然遇到某橋墩在修理，無法通行，只好繞走小道，這一繞就多走了半小時多，不過，沿途卻欣賞到山路兩旁的林蔭綠意，各種鮮花爭妍和純樸村落的家居概況，實是一幕幕難得的田園村民生活寫照。時逢正月，菲島被鄰國的嚴冬冷風惠及到涼意，我們把車上的冷氣關息，搖下玻璃窗，享受自然冷風颼颼的洗禮，我盡情吸收山林中的新鮮氧氣，洗滌肺葉積久的污穢，感覺胸腔舒坦清爽多了。沿途紅花綠葉奔放，我們心血來潮和男同伴們玩笑，唱起：路邊的野花你不要採……。

終於抵達水庫管轄區，通過兩、三站的檢閱台，來到發放的地點已是中午，比我們先到的社會團體已發放完畢預備回家，大家點頭揮手招呼。此時餓兮兮的肚子咕嚕咕嚕地作響。車停靠路邊，朋友們卸下鍋鍋的菜餚，午餐樣樣俱全：滷肉、炸雞、青菜、白飯、韓國泡菜炒飯、炒米粉、還有水果、沙拉、汽水……豐富的菜餚，卻沒張桌子可放，奈何！突見前面停泊著一輛廂形的警察車，車廂兩旁有兩條長凳子，經警察司機的同意借用，我們全部女生坐上車，把香味四射的菜餚全放在地板中間，就這樣端盤盛飯菜吃，感覺野餐在冷風吹拂中的滋味特別香，也體會到挨餓受凍者為何「狼吞虎嚥」。可憐跟隨我們來的男士、軍人、警察和幾位婦女，他們端著盤子就站在大樹下、或蹲著、或徘徊、或坐在草地上吃，大家樂陶陶地享受著「風餐露宿」的另種滋味。

填飽肚子，開始發放的工作，我們走到寬闊的石泥平台上，亮在眼前的是一片無比壯觀的人海，近千位衣衫襤褸的土著蹲坐在地面上，楚楚可憐地等待著發放的開始。看到多位蹲坐的婦女冷得顫慄著，我打從心底詠歎著悲歌。眼前的人海，多得我無法相信，這只是一個山頭的土著，尚隱藏在其他山林中的不知有多少？

我承認在街上遇到髒兮兮的土著，我都害怕、輕視地避之。今天他們站在我眼前，跟我對話，我甚至走入人群中送炭，卻不但不懼怕，更是打從心底的同情、憐惜他們，看到他們的貧困，才感覺自己有多福氣。可憐這些無從計數的淳厚土著，彷彿是活在電腦科技時代的原始人。

聽說為了不錯過發放的日期，他們得提早幾天翻山越嶺再坐艋舺到約定的地點拿領物券，有人抵達過早，就得在平台上住宿，你可想像露宿在荒郊野外，無一遮蔽物有多苦澀有多冷峭，他們忍受挨餓冷凍譏視，一切的忍受只為窮，窮到沒有尊嚴得領取富裕人的愛心施捨。

據說二千年前，土著的祖先是從Java、Sumatra、Borneo、Malay、Indonesia等國家遷徙流離過來的，當時交通設備缺乏，他們就憑著兩腳爬涉和坐木船飄洋過海到菲律賓落地生根。幾百幾千年後的今天，土著民族依然棲息在山林中，過著祖先遺下的生活方式。

幾位男仕把兩大桶的炒米粉和幾箱麵包卸下，一紙碟放一大匙的炒米粉和二個麵包分給土著吃，一下子兩大桶的米粉吃得光光。用餐畢，開始發放，在Dr. Rene Santos遺孀和軍人的維持秩序下，土著有條不紊地排隊領取物品。許多瘦弱的老婦人冷得發抖，我就把要給與的棉被披在她肩背上，棉被送上溫暖，她雙手合十露出缺牙含笑道謝。說真的，我穿著薄毛衣都覺得冷，尤其是狂風吹襲，風速令人無法站隱，而捲起的塵埃空中飄蕩，你得在緊閉雙眼的同時，使出腳功緊按地面，雙管齊下避免意外受傷。

站穩了腳，我仔細打量風吹塵揚裡排著隊的土著，他們皮膚黑赤、身高中等、卷髮、扁鼻子、赤腳。或許是常年深受風吹雨打日晒的侵蝕，皮膚粗糙如麻。蓬鬆的卷髮 疏於洗滌，紊亂縱橫交叉如洗鑊用的鋼絲團。雙腳粗大，習慣赤腳走高低不平的山路，因經年與石泥路磨擦，腳底粗厚結繭，腳指頭似薑芽似地分開。蓬頭垢面的他們愛嚼檳榔，橙紅色的渣汁糊滿牙縫和嘴唇，也許不刷牙之故幾乎都有缺牙和蛀牙。

年輕婦女中多孕婦，參雜著許多正在給嬰兒吮乳的母親，詢問下都生有三個以上的孩子。大腹便便的她們，懷抱一個，手牽一個，後面再緊跟一個或兩個。可憐的是很多孩子都枯瘦如柴，鼻涕涔涔，頭頂疥瘡斑斑。山上沒有學校和醫療設備，生病就採草藥吃，一群兒女，弱者死，強者存，無能為力的父母只能讓兒女自生自滅。

更荒謬的是父母都不知孩子的生辰年月日，山地部落沒有日曆，分娩期到，肚子一痛，嬰兒呱呱墜地，管他何日生。有日曆也看不懂，因為都是文盲。我問過幾位少女幾歲了，個個搖頭啞口無言。據說：很多男性土著與生俱來厭舊喜新的個性，同時和多位女子生孩子。男子兩袖清風沒家當，厭了就溜之大吉，溜到別的山頭另起爐灶。因此亂倫之情時而有之，兄妹、姐弟、父女……結為夫妻如此亂點鴛鴦譜，都不知情。

非常佩服Santos家族有恩深義重的美德，為了報恩，銘訂了一年一次的發放，雖是一些租俗的生活用品與衣料，但對家徒四壁的土著來說正如久旱逢甘霖給了他們無比的助益，也讓他們感受一點社會的溫暖。希望Santos家族能更進一步為他們辦學校，教導他們家庭計劃，提升土著生活品質，教育應該是他們希望的源泉。

二〇〇九・三・三

安全島邊的婦人

每次從岷市要回家必得經過扶西・亞描仙道示（Jose Abad Santos）街，這條老街我已走過三十多年，可說是再熟悉不可。長長的街道地勢偏低，大雨一下就成澤國，千瘡百孔的街面經年補呀、修唷、挖喲、鋪哦、還是凹凸不平！每每輾過窟窿即想到我是不是在月球上駕車？

老街要煥然一新得重整下水道、水溝，鋪成一條平坦水泥大道。近幾年來街頭變化多端，像安全島的路燈一再改換，由直筒形變成圓形再換成碗形……。更不可思議的是在安全島兩邊的水泥牆挖了個洞，裝進日光燈，開始時大放光明，到後來日光燈不是破損就是被盜，剩下幾盞苟延殘喘晞晞照映著黝黑的街頭。

人隨著環境的需要遷徙流離，飄泊人流到那就落地生根。這條老街的十字街頭不知從何時出現了一個菲婦在安全島上長駐，這是我路過必瞟一眼的婦人，看了心情總是沉重，不看又惦掛著她情況可好。

馬路中央的安全島常坐著一位懷抱嬰兒吮乳的母親，每當紅綠燈亮紅，她就神速地抱起嬰兒走近煞停的車輛兜售抹布（basahan），綠燈亮了，輛輛車踩下油門開動了，她又坐回安全島邊等待下一回的紅燈亮。可想像在炎陽下一手抱嬰兒一手售賣抹布的她是有多辛苦，奈何！她為了一家的生活，必得日以繼夜忍受著風吹日晒雨淋地兜售著。

然而，她可知道長期吸取汽車排氣管噴出的廢氣是會導致肺病癌症嗎？尤其是稚齡嬰孩身體薄弱易感染，若患上了病，賺再多的抹布錢也抵不過醫藥費用呀！這是得不償失的買賣。可是，英勇堅忍的母親竟安然無恙地一個接一個的生，我從車廂窺看孩子一年一個的長大，由吮乳到站起來再踉蹌學走路，長大後在街上戲遊亂穿梭，還懂得幫媽媽提送叫賣抹布，街道與馬路是他們成長的搖籃地，常說：貧窮的孩子生命力比較頑強，希望在馬路討生活的人永遠健康，不受惡劣的環境污染。

有時恰遇紅燈亮起車暫停泊，我偶爾會向她買幾塊抹布，但她那知道我是暗中注意著她的寫作人，相貌平平的她從窈窕結實到發福肌肉鬆垂都看在我眼裏，這是女人的悲哀與偉大，一生為家庭掏心挖肺地付出，卻忽略了自己的健康與容貌，老了萬般皆下垂，唯獨血壓高。

有一次，紅燈亮了，我把車靠近安全島，搖下玻璃窗，她走近售賣抹布，我乘機與她閒聊，我問：「幾個孩子了？」她莫名回答：「四個。」，我再問：「你丈夫呢？」她說：「在山頂。」。此時綠燈亮了，我失去搭訕的機會，從後視鏡看她發福的背影坐上安全島。

我一路異想天開，想了許多不著實的問題，但是我確實佩服她把生命的價值發揮到淋漓盡致，更佩服她的生育力強，丈夫在山頂，偶爾下山相聚，卻年年頂著大肚子，應了我國「富者少男女，窮者生一群」的說詞。

或許她是有盼望的婦道人家，孩子是她的財富，說不定將來是個人物，不是說「將相本無種」嗎？母親是全家的重心，她對人生的看法與言教、身教上，是牽繫著家庭的興衰。祝福這家馬路長大的孩子將來能報答父母恩，是社會的棟樑之材。

有人在順境中墮落；有人在逆境中自強，可見環境的影響並非絕對，關鍵在一念心。

人與人相聚，是緣，緣有深淺、長短、緣盡，我與她是隨順因緣，因緣使我注意到她，促成這篇文章與讀者分享。

二〇一〇年五月十六日

國家圖書館出版品預行編目

慈濟情緣——走進別人故事裡 / 小華著. -- 一版.
-- 臺北市：秀威資訊科技, 2010. 08
面； 公分. --（語言文學類；PG0377
菲律賓・華文風：13）

BOD版
ISBN 978-986-221-527-2（平裝）

868.655　　99011488

語言文學類　PG0377

菲律賓・華文風⑬

慈濟情緣
——走進別人故事裡

作　　者 / 小　華
主　　編 / 楊宗翰
發 行 人 / 宋政坤
執行編輯 / 邵亢虎
圖文排版 / 陳湘陵
封面設計 / 陳佩蓉
數位轉譯 / 徐真玉　沈裕閔
圖書銷售 / 林怡君
法律顧問 / 毛國樑　律師
出版印製 / 秀威資訊科技股份有限公司
台北市內湖區瑞光路583巷25號1樓
電話：02-2657-9211　傳真：02-2657-9106
E-mail：service@showwe.com.tw
經 銷 商 / 紅螞蟻圖書有限公司
台北市內湖區舊宗路二段121巷28、32號4樓
電話：02-2795-3656　傳真：02-2795-4100
http://www.e-redant.com

2010 年 8 月　BOD 一版
定價：330 元

讀　者　回　函　卡

感謝您購買本書，為提升服務品質，煩請填寫以下問卷，收到您的寶貴意見後，我們會仔細收藏記錄並回贈紀念品，謝謝！

1.您購買的書名：＿＿＿＿＿＿＿＿＿＿＿＿＿＿

2.您從何得知本書的消息？

□網路書店　□部落格　□資料庫搜尋　□書訊　□電子報　□書店

□平面媒體　□ 朋友推薦　□網站推薦　□其他＿＿＿＿＿

3.您對本書的評價：(請填代號　1.非常滿意 2.滿意 3.尚可 4.再改進)

封面設計＿＿　版面編排＿＿　內容＿＿　文/譯筆＿＿　價格＿＿

4.讀完書後您覺得：

□很有收獲　□有收獲　□收獲不多　□沒收獲

5.您會推薦本書給朋友嗎？

□會　□不會，為什麼？＿＿＿＿＿＿＿＿＿＿＿＿＿＿＿＿＿

6.其他寶貴的意見：＿＿＿＿＿＿＿＿＿＿＿＿＿＿＿＿＿＿＿＿

＿＿＿＿＿＿＿＿＿＿＿＿＿＿＿＿＿＿＿＿＿＿＿＿＿＿＿

＿＿＿＿＿＿＿＿＿＿＿＿＿＿＿＿＿＿＿＿＿＿＿＿＿＿＿

＿＿＿＿＿＿＿＿＿＿＿＿＿＿＿＿＿＿＿＿＿＿＿＿＿＿＿

讀者基本資料

姓名：＿＿＿＿＿＿＿＿＿＿　年齡：＿＿＿　性別：□女 □男

聯絡電話：＿＿＿＿＿＿＿＿　E-mail：＿＿＿＿＿＿＿＿＿＿

地址：＿＿＿＿＿＿＿＿＿＿＿＿＿＿＿＿＿＿＿＿＿＿＿＿

學歷：□高中(含)以下　□高中　□專科學校　□大學

□研究所(含)以上　□其他＿＿＿＿＿＿＿

職業：□製造業 □金融業 □資訊業 □軍警 □傳播業 □自由業

□服務業 □公務員 □教職　□學生 □其他＿＿＿＿＿

請貼
郵票

To：114

台北市內湖區瑞光路 583 巷 25 號 1 樓

秀威資訊科技股份有限公司　　　收

寄件人姓名：

寄件人地址：□□□

(請沿線對摺寄回,謝謝!)

秀威與 BOD

BOD（Books On Demand）是數位出版的大趨勢，秀威資訊率先運用 POD 數位印刷設備來生產書籍，並提供作者全程數位出版服務，致使書籍產銷零庫存，知識傳承不絕版，目前已開闢以下書系：

一、BOD 學術著作—專業論述的閱讀延伸
二、BOD 個人著作—分享生命的心路歷程
三、BOD 旅遊著作—個人深度旅遊文學創作
四、BOD 大陸學者—大陸專業學者學術出版
五、POD 獨家經銷—數位產製的代發行書籍

BOD 秀威網路書店：www.showwe.com.tw
政府出版品網路書店：www.govbooks.com.tw

永不絕版的故事・自己寫・永不休止的音符・自己唱